公主傳奇 ㉙

·走進電視劇的公主·

馬翠蘿 著

U0106322

新雅文化事業有限公司
www.sunya.com.hk

人物簡介

❖ 周曉星 ❖

周曉晴的弟弟，一個風趣幽默的淘氣精，不時有天馬行空的奇怪想法。

❖ 馬小嵐 ❖

來自香港的烏莎努爾公主，聰明美麗、正直善良。敢於向困難挑戰，最喜歡說的話是「天下事難不倒馬小嵐」。

萬卡

烏莎努爾公國第十九代國王，風度翩翩、英勇果敢。是國民眼中的好君王，小嵐和曉晴曉星心目中的暖心大哥哥。

周曉晴

馬小嵐的好朋友，漂亮活潑，喜歡打扮，最常做的事是和弟弟鬥氣。

目錄

第一章

失蹤的作家

「小嵐姐姐，曉晴姐姐，快快快，八點半了！」曉星坐在電視室的沙發上大聲咋呼，「瑪婭姐姐，零食呢？快拿零食來！」

最近這嫣明苑三人組迷上了一套熱播的電視劇《大漢風雲》，每晚八點半便坐定定觀看。

「來了來了。」嫣明苑大管家瑪婭應聲而來。她手裏捧着一個水晶托盤，托盤上琳瑯滿目——不同味道的薯片、各種類型的果仁、香噴噴的爆米花、色彩繽紛的水果……全是看電視必備的零食！

瑪婭把零食一一在茶几上擺放好時，小嵐和曉晴也進來了。

瑪婭朝小嵐和曉晴微微鞠躬，然後退到一邊，等小嵐和曉晴落坐後，她才悄悄地走出電視室，又輕輕地關上了門。

趁着還是播廣告時段，曉星忙碌地用剪刀把薯片和果仁的包裝袋剪開口子，一邊説：「哇，好緊張

啊，不知道那些染了病的人怎樣了。」

《大漢風雲》是根據一部架空歷史小說改編的電視劇，作者是中國內地著名網絡小說作家李小白。架空歷史小說，也就是歷史類的架空小說。這類小說有描寫虛擬人物存在於真實歷史之中的半架空，也有由完全虛構的歷史人物、歷史時代構成的完全架空。

《大漢風雲》屬於半架空小說，不管是風土民情、人物穿衣打扮，都跟漢代一樣，但人物設置和故事情節大多是虛構的。故事發生在京城西安，那裏山清水秀、民風淳樸，社會安定繁榮，人民安居樂業。但一場瘟疫襲來，卻改變了所有人的命運。一開始時是城郊長青村一名村民出現咳嗽、喉嚨痛、發熱等症狀，過了幾天，就發展到全村有一百多人出現同樣的病症。一星期之後，全村竟然有一千多人病倒，佔了全村的八成人口。

官府派了一隊大夫去給村民醫治，但一點效果都沒有，病人一個接一個死去，疫情很快蔓延。大夫們都束手無策，搞不清這是一種什麼怪病。

為防止疫情擴散，官府使出強硬手段，派出軍隊把全村的村民，不管有病沒病的，統統驅趕到村子附近一片臨時搭起的隔離營，讓他們自生自滅。而軍

隊就把他們團團包圍，不許任何人進出，聲明違者殺無赦。

「好可惡的官府，簡直不顧人死活！」曉星看着村民們病了的越來越虛弱，沒病的也陸續染上，很不開心，他連最喜歡的零食也無法下嚥了，歎息着把手裏的一桶爆米花放回茶几上。

曉晴瞪着受了驚嚇的大眼睛，扭頭問小嵐：「小嵐，你一直跟萬卡哥哥學醫，你知道這是什麼病嗎？」

「流感。」小嵐簡單回答説。

「流感？！」曉晴和曉星不可置信地一齊喊了起來。

流感在現代是每年都會發生的，一般秋冬季節是高發期，會通過空氣、飛沫、唾液，以及被污染的物品等途徑傳播。一旦出現感染之後，會導致身體出現高熱、疼痛、乏力、咳嗽等症狀，而且容易出現肺炎、心肌損傷等併發症。不過，由於現在有抗病毒藥物，還可以打預防流感針，所以影響不是很大，死亡率也極低。

小嵐看了他們一眼，見他們一副不可思議的樣子，便説：「別小看這流感，在醫學不發達的年代，

貌似普通的流感也會給人類帶來重大災難。你們沒聽過嗎？一九一八年到一九一九年爆發的西班牙大流感，就奪去了全球兩千萬人的生命，比第一次世界大戰死亡人數還要多。」

「啊，死了兩千萬人？！」那兩姐弟的嘴巴張得可以塞進個鵝蛋。

「那長青村的村民太危險了。」曉晴憂心忡忡地說。

小嵐歎了口氣：「這種在現代很容易治癒的病，在古代卻是不治之症啊！」

這時電視屏幕上出現了一個小男孩的特寫鏡頭，他的小臉有點發青，眼睛大而無神，嘴唇也乾澀得裂開了一道道口子，不過，仍然可以看出他是個小天使般漂亮可愛的孩子。鏡頭拉開，見到小男孩躺在一名年青女子懷裏，女子的臉充滿絕望和淚水。

「娘不哭，我會很快好起來的。」小男孩抬手，給母親擦了擦臉上的淚水，又問，「娘，爹上哪去了？我想他。」

女子愣了愣，眼裏的淚水又撲簌簌地往下掉，孩子的爹爹，家裏的頂樑柱已經在兩天前病死了。這事她不敢告訴孩子。她哽咽了一下，艱難地回答：「你

爹⋯⋯你爹去了很遠的地方，去找給小寶治病的神藥。」

小寶無神的眼睛瞬間亮了：「爹爹真好！那⋯⋯是不是爹爹一回來，我的病就能好了？」

女子點了點頭，但淚水卻流得更多。她心裏悲慟地吶喊着：孩子，你爹爹再也回不來了，你的病也很可能好不了了。天哪，為什麼這樣不公！為什麼這樣懲罰我們？！

懵懂的小寶不知母親在想什麼，他只是沉浸在爹爹回來和自己病好的喜悅中：「娘，我不喊喉嚨痛了，不喊餓了，我會乖，等爹爹回來。爹爹，你什麼時候回來啊！」他眼睛一眯一眯的，臉上帶着笑容慢慢睡着了。

他沒看到母親崩潰的臉容，沒聽見母親壓抑的痛哭⋯⋯

「嗚嗚嗚⋯⋯」小嵐和曉晴曉星都忍不住哭了。

這時候，屏幕上鏡頭定在了小寶的笑臉和母親悲痛的臉容上，片尾曲響起，接着緩慢地彈出演職員名單，這一集播完了。

「唉，又要等明天，真是好擔心小寶啊！不知道他有沒有活下來。」曉星拿了張紙巾擦着眼淚。

有人推門走進來：「小朋友們，在做什麼呀？」

進來的人有着挺拔的身材，長得劍眉星目，臉上帶着陽光般温暖的笑容。正是年輕的國王萬卡。

「萬卡哥哥，你來了！」屋裏的人都歡呼起來。

身為一國之主的萬卡，要忙的事情很多，每天起早摸黑，休息時間很少，所以也難以經常來嫣明苑看望自己喜歡的女孩子，還有兩個可愛的小朋友。

「萬卡哥哥，快坐，快坐！」曉星砰一下跳起來，衝到萬卡面前，一把抱住他。

「呵呵，小傢伙，幾天沒見，好像胖了點呢。得管好你的嘴，小心變成小胖子。」萬卡笑嘻嘻地揉着曉星的頭髮。

「啊，真的胖了？」曉星跑到鏡子前，照前照後的，「沒有啊，還是那個風流倜儻玉樹臨風的曉星公子。」

「臭美！」曉晴撇撇嘴，「萬卡哥哥沒説錯，就你那個饞樣，遲早變胖子。」

「你才遲早變胖妞呢！」曉星和姐姐拌起嘴來。

小嵐看得直樂，她對坐到自己身邊的萬卡説：「萬卡哥哥，你一來就引發一場戰爭了。」

「哈哈哈，我還成希特勒了！」萬卡哈哈笑着，

又説，「在看什麼電視？」

「我們剛看完一集《大漢風雲》。哎呀可慘了，那些百姓得了疫病……」曉星聽到萬卡問，馬上劈里啪啦跟他介紹了一下今晚的電視內容，然後又問，「萬卡哥哥，你是讀醫科的，要是讓你回到古代，能治好他們嗎？」

萬卡點點頭説：「能。用中草藥治，能全部治癒不敢説，但治好九成以上的病人還是可以保證的。」

曉星興奮地説：「太好了太好了，不如我們讓時空器把我們帶回過去，把小寶他們治好。」

曉晴敲了他腦袋一下，説：「喂喂喂，你傻呀！那是電視劇，故事是作家編出來的！」

曉星摸摸腦袋，傻笑着：「噢，也是。我一着急就忘了。」

小嵐笑着拍拍曉星，説：「別擔心，救小寶的事，自有編劇來做，我相信，像小寶這麼可愛的孩子，編劇是一定不會讓他死的。」

「嗯。」曉星想了想，還是很擔心，「不是有人説，悲劇比喜劇更容易打動人心嗎？而魯迅説過，悲劇就是把有價值的東西毀滅給人看。萬一……萬一編劇想讓劇情更加震撼人心，把小寶寫死了怎麼辦？

哼，要是編劇真的把小寶寫死了，看我不把他揍成豬頭！」

雖然知道這只不過是作者所塑造的文學形象，但不知為什麼，大家心裏還是揪得緊緊的，為小寶的命運擔心。但願那李小白不會把小寶寫死了。

「啊啊啊⋯⋯」曉星突然啊啊啊地驚叫起來。

這傢伙怎麼啦？大家像看傻瓜一樣看着他。

「啊什麼，你神經病發作嗎？！」曉晴打了曉星一下。

曉星指着電視機：「失蹤了，作者李小白失蹤了！」

只見屏幕上有一則電視台發出的啟事，啟事的大意是：網絡小說《大漢風雲》的作者李小白，於早前失蹤，正在連載的小說不再更新，所以，以他的小說內容拍攝的電視劇也只能停止拍攝，敬請觀眾原諒。

啊，作者失蹤！大家都面面相覷的。不是吧，怎麼會發生這樣的事！

「糟了，那要是作者一天找不到，就一天不知道小寶的命運如何！唉，真令人糾結啊！」曉星有點沮喪，但他又馬上精神一振，說，「小嵐姐姐，咱們偵探三人組好久沒出動了，不如我們去一趟中國，偵破

這『暢銷作家失蹤之謎』，把李小白找回來，好不好？」

「你以為你是誰？福爾摩斯？」小嵐瞪他一眼，「內地陸地面積就有九百六十萬平方公里，人口十四億，這麼大的地方，這麼多的人，要找一個李小白，我看福爾摩斯都難辦。」

「唉，那怎麼辦呢？我想看《大漢風雲》，我想知道小寶後來怎樣了。」曉星雙手托着下巴，唉聲歎氣的。

萬卡拍拍他腦袋，說：「別擔心，把找人的事交給中國警方好了。天晚了，大家回屋休息吧！」

小嵐回到自己房間，洗洗上牀睡了。其實她對李小白失蹤的事挺感興趣的，如果不是要上學，還要擔當一部分外交事務，她真會去一趟中國，查查李小白失蹤之謎呢！

一直到半夜時分，小嵐才迷迷糊糊地睡着了。

第二章

走進電視劇

小嵐是被一陣陣嘈雜的聲音吵醒的。她想睜開眼睛，但眼皮好沉，睜不開。她心裏有點奇怪，嫣明苑一向很安靜的，雖然人不少，除了他們三人組之外，還有負責各種職能的宮女、男僕、護衛、大廚、花王等等三四十個工作人員，但他們一向訓練有素，説話也不會大聲，很有職業素養。

小嵐翻了個身，只覺得身下的牀硬幫幫的，還有什麼東西刺得皮膚又癢又痛。這分明不是自己一向睡的那張軟硬適中的舒服的牀褥。

不對頭！小嵐強迫自己睜開了眼睛。

啊！不是吧！小嵐用手擦了擦眼睛，不是眼花了吧？擦，擦，再擦，眼前的情境依舊。她一骨碌爬起牀，瞠目結舌地看着眼前的一切。

自己分明處身於類似難民營之類的地方，還是環境最差的難民營。房子是用竹子和茅草蓋成的、有着無數透着光的大小窟窿，房子裏沒有桌子椅子，只有

一張張用木板和磚塊簡單搭成的簡易牀，牀上也沒有牀褥，只鋪了一層乾草。屋子裏，或坐或躺，塞滿了人。

大多數人都是躺着的，看上去是得病了，而且病得不輕，全都臉色青白、呼吸困難、奄奄一息。

小嵐感到很疑惑。這環境，這環境裏的危重病人，怎麼感覺那麼熟悉？心裏咯噔一下，這這這，這不是電視劇《大漢風雲》裏瘟疫隔離營裏的場景嗎？！

小嵐腦子裏像有一千匹馬呼嘯而過，轟轟作響。發生什麼事了？難道自己又穿越了，還穿越到了電視劇裏？！

「娘，娘，小寶餓。我想吃肉包子，我想喝雞湯。」一把稚嫩的聲音響起。

「小寶乖，小寶好好睡覺，睡着就不會餓了。」母親哽咽着哄孩子。

小寶？那小天使般漂亮可愛的小男孩！小嵐愣愣地看着對面牀上的一對母子，連劇中人物也出現了，自己真的走進電視劇裏了。

「娘，我餓，我真的好餓！」才四五歲的孩子，哪捱得住飢餓。

「嗚嗚嗚，我可憐的孩子⋯⋯」小寶娘忍不住大放悲聲。

帶進隔離營的食物早已吃光，官府也沒有送東西來的意思，顯然這一村的百姓已經被當成死人，被拋棄了。小寶娘咬咬牙，好像決定了什麼，對小寶說，「小寶，娘現在去給你摘些野果。你好好躺着，別跟着我。」

小寶娘站了起來，轉身朝草房外面走去。

小寶沒聽他娘親的話，他悄悄地爬起牀，蹣跚着跟在娘親後面。小嵐見了不放心，也跟了過去。

走出草房子，小嵐張望一下，發現這樣的草房子足有十多二十幢。情況跟電視劇裏一模一樣，足有一千多人被困在這裏等死呢！小嵐心裏十分沉重。

「什麼人？站住！」一聲吆喝，把小嵐嚇了一跳。

小嵐一看，遠處五步一崗，十步一哨，站滿了士兵。其中一名像是小頭目的人，正朝試圖走出包圍圈的小寶娘吆喝。

小寶娘好像沒聽見，仍然急急地走着，為了孩子，她什麼都不顧了。包圍圈外面有座山，山上可以找到野果，她要去找些回來給小寶充飢。

「站住，立即返回，聽到沒有！」小頭目歇斯底里地吼着，見到小寶娘沒有停下的意思，他轉頭對身邊一名士兵下令，「準備弓箭！」

身邊那名士兵聽了，馬上開弓搭箭，對準小寶娘。

小寶娘好像沒看到也沒聽見，小寶的哭聲在耳邊縈繞，小寶消瘦的面容在眼前出現，她覺得，只要走出去，登上山，就能找到救命的食物，就能讓孩子活下去。所以，她仍舊一步一步地，堅定無比地往前走着。她豁出去了。

小頭目的吼聲越來越焦急，越來越兇。其實他也不想殺人，只是軍令如山，他們的任務是不能讓隔離營的人走出來，他不能不執行，他希望小寶娘能停住腳步。

這時，隔離營裏的村民聽到動靜，還能走的都紛紛跑了出來，見到小寶娘的險境，都朝她大喊：

「小寶他娘，你回來！」

「小寶他娘，危險，回來！」

「小寶他娘，回來，你會沒命的！」

小寶娘一點沒有停下的意思⋯⋯

「再不停下就放箭了！」眼看小寶娘已經走出戒

備的紅線以外，小頭目氣急敗壞地喊道。

所有人都閉上了眼睛，不想親眼目睹即將發生的慘劇。

正在這時，響起一聲稚嫩的聲音：「不要！不要殺我娘！不要殺我娘……」

一個小小的身影朝小寶娘奔去，那樣虛弱，那樣瘦小，但又那樣的勇敢、無畏。

是小寶！

「怎麼辦？」持箭的士兵慌張地問。

「這、這這這，氣死我了……」小頭目頓足。

那小寶衝過紅線，和娘親抱在一起。

「崩！」士兵拉弓的手突然一鬆，箭脫弦而出，直飛向那對母子。

「啊……」在場所有人都驚叫起來。

正在這時，一個身影朝小寶母子撲了過去，撲一聲悶響，那枝離弦的箭狠狠插入那人後背。

現場像被揿停了暫停按鈕，周圍死一樣寂靜。不管是村民，還是官兵，所有人的眼睛都盯着那個嬌小的身影，看着她踉蹌了一下，撲倒地上。

人們從震驚中清醒過來，他們憤怒了。

「不許殺人！」

「太過分了……」

人們怒吼着衝過了紅線。

「誰叫你放箭的！」小頭目大罵士兵。

「脱、脱手了。我不是故意的。」士兵哭喪着臉。

村民們衝到小寶母子跟前，把他們娘倆，還有他們的救命恩人救了回來。

小寶娘從驚駭中清醒過來，她一手拉住小寶，撲向救命恩人，那女孩面如白紙，已經昏迷過去。小寶娘哭叫着：「妹妹，妹妹，你別死，你不要死！」

人們都用敬佩的目光看着救人英雄──一個看上去才十五六歲的女孩子。那枝箭射中她肩部，箭頭全沒入肉中。

雖然這個村子有幾千人，但因為在一起居住時間很長，許多甚至幾輩子都在那裏生活，所以彼此都會認得，但這女孩感覺挺陌生的，顯然不是他們村子的人。何況，她還穿了一身古怪的衣服。

「村長，救救她，快救救她！」小寶娘向身邊一位白鬍子老人求救。

「唉，我們全村都是種田的，哪會救人！」村長急得抓耳搔腮的。

正在這時，有兩男一女三個人慌張地撥開人羣，
走到女孩子身邊，大喊道：

「小嵐，小嵐！」

「小嵐姐姐！」

第三章

兩千年前的一場手術

原來，這英勇救人的女孩就是小嵐。而這三名少年男女，正是萬卡和曉晴曉星。

穿越來到這裏的不止是小嵐，連他們也來了。只是他們到達時間比小嵐晚了一點點，當他們發現自己身處電視劇中，正在迷惘時，卻見到了小嵐受傷的一幕。

萬卡慌得手都在抖，心裏狂喊着：小嵐小嵐，你千萬不要傷到要害啊！他迅速地檢查小嵐的傷勢。

曉晴和曉星在一邊焦急地問：「怎麼樣？嚴重嗎？」

「幸好沒傷到要害。」萬卡鬆了一口氣，但隨即又皺起了眉頭，「只是……這種箭是帶倒鈎的，如果硬把它拔出來，會硬生生地扯下一大塊肉，使傷者受到二次傷害，讓傷勢愈加嚴重。最好的方法是動手術把箭取出來。」

曉星倒抽了一口氣，焦急不安地説：「萬卡哥

哥，那咱們趕快給小嵐姐姐動手術！」

曉晴嚇得小臉發白：「萬卡哥哥，這裏條件這麼差，沒有手術室，沒有手術用具……」

萬卡站起來，沒有半點遲疑：「沒有條件也要創造條件。」

他對老村長說：「老伯伯，我要馬上救治傷者。請給我準備一些東西。」

老村長說：「行！這孩子救了小寶娘倆，只要我們有的，什麼都可以給你。」

「好，那您給我準備一把鋒利的刀子，還有爐子、鍋、酒、剪刀、大點的針。還有曼陀羅花。」萬卡說。

小寶娘搶着說：「除了酒和曼陀羅花，這些我都有。我拿給你。」

老村長說：「酒我有，但是曼陀羅花……這是什麼花？什麼樣子的？」

萬卡找了一根樹枝，蹲在地上畫了起來：「這樣子的，這裏有沒有？」

村長一拍額頭，說：「哦，這不是狗核桃花嗎？山上多着呢！但是……那些人守着這裏不讓出去。」

旁邊一個老村民聽了說：「狗核桃花？我倒是

有，鎮子上中藥舖子的吳大夫給的，已磨成粉，給我治咳嗽用的。」

老人從懷裏掏出一個小盒子，遞給萬卡。萬卡打開瓶子聞了聞，高興地説：「沒錯，正是曼陀羅花，這是曬乾之後研成的粉末！」

老人揮揮手説：「那你拿去用吧！咳嗽是我老毛病了，早治晚治還不一樣，先給小姑娘用吧！不過，我有點好奇，我只知道這狗核桃花能平喘、止咳，不知道還可以給小姑娘治箭傷。」

萬卡解釋説：「這花有麻醉作用。動手術前泡酒給傷者喝了，傷者就不會覺得痛。」

老人很驚訝：「原來這藥還有這種妙用。」

萬卡謝過贈藥的老人，然後請老村長給騰出一個乾淨點的、光線充足的小房間。

「行。」村長説完扭頭叫一個年輕人，「石頭，你把你們幾家住的那間小草房騰出來，給他們幾位。你們幾家人，就去最大的那間房，那裏還有些牀位。」

「沒問題。我馬上辦！」那個名字叫石頭的年青人朝萬卡點了點頭，説，「跟我來！」

小草房很快騰出來了，萬卡小心地把小嵐抱了進

去，又小心地把她放在一張比較乾淨的牀上，讓她趴着。背上深深插着的箭，令人看着心驚膽戰。

這時小寶娘和老村長已經把萬卡要的東西送來了，小寶娘在門口把爐子生着火，又讓人打來乾淨的水，在鍋裏燒着。曉星一邊點着那些東西，一邊嘟噥着：「爐子和鍋，用來高溫消毒；酒，用來殺菌；刀，剪子，用來動手術；針，用來縫合傷口。咦，萬卡哥哥，怎麼沒有線？」

萬卡説：「一般縫衣服的線不行的，剛才我見到有幾棵桑樹，我們可以做桑皮線。」

所謂桑皮線，就是把桑樹的根部去掉黃色表層黃皮，留下潔白柔軟的長纖維層，經錘製加工而成之纖維細線。這種線不容易折斷，更有藥性平和、清熱解毒、促進傷口癒合的治療作用。

曉晴坐在小嵐身邊，一臉的焦慮，不時用小手絹替小嵐擦着前額滲出的冷汗：「萬卡哥哥，快動手術吧，你看小嵐一直皺着眉頭，肯定是傷口很痛。」

萬卡心痛地看了看小嵐，只見她臉色蒼白，仍昏迷着。他伸手摸了摸小嵐的前額，幸好沒有發燒，這證明傷口沒有感染：「我馬上去準備桑皮線。你們倆照顧好小嵐，我很快回來。」

「嗯嗯嗯。」曉晴和曉星齊聲應着。

萬卡走到門口又轉身吩咐：「等會兒水燒開了，把刀子和剪刀，還有針放進鍋裏煮着消毒。」

就在曉晴和曉星等到萬分焦慮的時候，萬卡滿頭大汗地回來了，他手裏拿着一小紮細線，看來是成功做好的桑皮線。

萬卡放下東西，又去看了看小嵐，見她沒多大變化，便放了心。他對曉晴曉星説：「你們出去吧，我一個人給小嵐手術。」

「不！」曉晴和曉星異口同聲地説，「我們留下來幫忙！」

「不用。」萬卡搖搖頭，「你們又不會醫術，幫不上忙的。到外面等吧，乖！」

「哦。」曉和曉星聽了萬卡的話，就不再堅持了。

兩個人擔心地看了小嵐一眼，三步一回頭。萬卡見了説：「別擔心，手術一定能成功的。」

「嗯嗯。」兩個人快步走出了草房子。

萬卡哥哥出馬，沒有理由不成功的。兩個人自己安慰着自己。

草房子門口有很多人在守着，除了小寶娘和老村

長，還有石頭等幾十個身體沒有染病的村民。大家都在關心那個勇敢的小姑娘，不知道那個帥帥的公子能不能順利地幫她把箭取出來。

曉星在門口對開草地上焦急地踱來踱去，等待真是太折磨人了，雖然知道萬卡哥哥醫術高明，但在這缺醫少藥的古代，沒有現代的手術設備和手術室，不知會不會出現什麼狀況。

曉晴找了個地方坐了下來，雙手捧着臉，眼睛盯着房子的門，像泥雕木塑似的一動不動。她希望在萬卡哥哥做完手術後出來時，能第一時間看到他臉上的表情，是成功後的輕鬆，不是失敗後的凝重。

其他村民或站或坐，有人講起小嵐衝出去救人的刹那，還感慨萬分。說是沒想到這麼瘦弱的小姑娘，卻這樣的無畏，這樣的勇敢。

老村長朝曉星走了過去，他心裏對這幾個少年男女有很多疑問，他們怎麼會突然出現在這個被封鎖着的隔離營，為什麼穿着那麼古怪的衣服，留着那麼奇怪的髮式。

面對老村長的疑問，曉星直撓頭。不能說實話啊，如果說他們是從兩千多年後穿越過來的，那肯定沒人信，而且還會被人當作騙子，嚴重點的甚至會被

人當作妖怪。所以，只能編一些古人能接受的理由了。曉星摸了摸臉，希望自己說謊以後不會長出長鼻子。

「我們是從山上下來的。」曉星指了指身後那座大山，「我們四個自小就跟師傅入了深山修煉，過着與世隔絕的日子。因為山上常常會遇到猛獸，為了逃得快些，我們都穿着這種簡單利索的衣服。至於這頭髮嘛，是我跟哥哥貪圖涼快方便，故意剪成這樣子的。」

為什麼沒有提小嵐和曉晴頭髮，因為她們本來就留着長髮，只是散着罷了，沒萬卡和曉星那樣短短的令人奇怪。

「哦，原來是這樣。」老村長恍然大悟。

在古代，常有些人喜歡在深山隱居，不問世事，不拘小節，這樣的人，往往被視作身懷絕技的神仙般的人物。

老村長看着曉星的眼光都不同了：「原來幾位是神仙的徒弟！失敬失敬！」

老村長說着，朝曉星作了一揖。

曉星嚇得趕忙避開。別看這傢伙平日喜歡自賣自誇，但在長輩面前是絕對不敢擺譜的：「老伯伯言重

了，小子不敢當。」

「要的要的。哈哈哈，這回我們村有救了！」老村長又朝曉星作了一揖，然後急急地走回村民那裏，告訴他們好消息。

「啊，真的？！救苦救難的神仙派徒弟來救我們了？！」

「這還用說嗎？那長得帥帥的公子會醫術呢，他就是來給我們治疫病的！」

「還以為這次會死在這裏了，沒想到天不亡我們啊！感謝天感謝地感謝神仙……」

「啊，那我的小寶不會死了！小寶，小寶，有神仙來救我們了！嗚嗚嗚……」

第四章

神仙公子

小嵐的手術用了一個多小時才結束，當萬卡一臉疲累地走出草房子時，一羣人呼啦一聲走了上去，紛紛問道：

「小姑娘怎樣了？」

「箭拔出來了吧？」

萬卡笑了笑，説：「她很好。箭拔出來了，過一段時間傷就會好了。」

「啊，那太好了！」老村長拈着鬍子，老懷大慰。

「神仙的徒弟，肯定福大命大，我早説不用擔心的。」

「神仙的徒弟來到我們村，我們太幸運了！」

村民們還在説話，這邊曉晴和曉星早就嗖的一下跑進房子裏了。

萬卡聽到村民説什麼神仙的徒弟，正在奇怪，忽然見到面前的人一下子矮了下去，呼啦啦全跪到他面

前了。

「嘿，你們幹什麼？快起來！」萬卡雖然身為國王，但他從不許臣民在他面前下跪，所以馬上叫村民起來。

「請神仙公子大發慈悲，救我全村老少性命！」老村長眼中流淚，大聲喊道。

「請神仙公子大發慈悲，救我全村老少性命！」其他村民跟着大聲喊，好多人哭了。

萬卡走到老村長跟前，把他扶了起來，説：「沒問題，我都答應，都答應。你們快起來吧！」

老村長愣了愣，説：「神仙公子，你知道發生了什麼事？」

萬卡毫不猶豫地點頭説：「知道啊。你們村發生了瘟疫，很多人病了，官府怕你們把病傳染開去，所以把你們隔離在這裏，沒醫沒藥，讓你們自生自滅。您想讓我替你們治病，對不對？」

「中，全中！」老村長激動得兩眼放光，「果然是上天派來救苦救難的神仙公子啊，我們還沒説你就什麼都知道了。神仙公子，你可要救我們吶，我們全村老老少少近兩千人，已經有一千多人生病了，這幾天陸陸續續死了十幾個，如果這樣下去，全村人都得

死光哪！」

萬卡拍拍老村長的臂膀，說：「放心好了，這病我能治，你們不會死的。」

「謝謝救苦救難的神仙公子！」

剛站起來的村民聽了萬卡的話，撲通一下子又全跪了下去，一邊痛哭流涕一邊磕頭。

萬卡一臉無奈的，把又跪了下去的老村長扶起來，說：「別跪，別再跪了，帶我去看看生病的村民吧！」

「好，好！」老村長擦擦眼淚，大聲對村民們說，「快去告訴鄉親們，讓他們打起精神來。神仙來打救我們了，我們不會死了！」

村民們驚喜若狂、四散而奔，把好消息傳送開去。

萬卡跟着老村長，一間草房子一間草房子地去看診，只見滿目都是奄奄一息的病人，還有他們筋疲力竭、瀕臨病倒的家人。醫者仁心，萬卡心裏十分難受。

來到一間草房子前，見到小寶娘早已站在門口等着，一見萬卡就把他引到小寶的跟前。小寶本來就病得很厲害，之前和娘親一起差點被射死，更受了驚

嚇，這時病得更厲害了。只見他呼吸急促，發着高燒，很難受的樣子。

見到萬卡，小寶強撐開他那雙大眼睛，說：「哥哥，你和剛才那個姐姐真是神仙嗎？你真可以醫好我和我娘，還有我們村的叔叔伯伯嬸嬸阿姨，哥哥姐姐弟弟妹妹？」

萬卡摸摸小寶滾燙的額頭，含着眼淚說：「可以，可以的。哥哥一定會救你們，一個都不能少。小寶乖乖地睡覺，睡醒了，哥哥的藥就準備好了，小寶吃了藥就會好起來的。」

「嗯嗯，謝謝神仙哥哥。我一定會乖乖睡覺，乖乖吃藥的。」小寶說完，閉上了眼睛。

萬卡吩咐小寶娘用沾了冷水的布給小寶敷額頭，然後又走向了下一間草房。

危殆病人不少，看來得趕快用藥了。這時天色已黑，萬卡對一直陪着的老村長說：「我馬上上山採藥，爭取明天上午能熬好藥讓病人飲服。您找二十個年青力壯的人，跟我一塊上山去。噢，再給我找些裝草藥的背簍、竹筐。」

老村長看了看五步一崗、十步一哨的封鎖線，那裏全是虎視眈眈的士兵，不由得搖頭歎氣：「咱們出

不去的，他們早封鎖了所有的路，要把咱們困在這裏。」

萬卡笑笑説：「您只需要把人派給我，我自有辦法走出封鎖線。」

老村長看着萬卡自信滿滿的樣子，不由得使勁拍了拍腦袋。是呀，自己擔心什麼，人家是神仙的弟子呀，沒有辦不到的事情。

「好，我馬上去找人。」

萬卡趁着老村長去找人的時候，回去看了看小嵐的情況。見到曉晴和曉星坐在小嵐跟前，曉晴正拿着一塊手絹，細心地給小嵐擦臉。

萬卡摸摸小嵐的額頭，沒發燒，這證明手術很成功，傷口也沒受到感染，又看看小嵐的臉已開始變得紅潤，這才徹底放下心來。

萬卡吩咐曉晴姐弟：「我要上山採草藥，可能半夜才能回來。等會餵點涼開水給小嵐喝，她嘴唇太乾了。還有隨時留意她體溫，如果有發燒，就用涼水給她敷額頭。」

曉晴乖乖地答應着：「嗯嗯。」

但曉星就不那麼聽話了，他拉着萬卡的手不放，説：「哥哥哥哥，我也要跟你上山採藥。好不好，好

不好？」

萬卡摸摸曉星的頭，一臉嚴肅地說：「曉星，這回真不能帶你去。上山的路本來就不好走，何況很多藥都長在危險的懸崖峭壁。你去了，反而會妨礙採藥工作。」

曉星從沒見過萬卡這麼嚴肅地跟自己他說話，知道自己真的不適合去，也就乖乖點頭，放了手。

萬卡再看了小嵐一眼，就出去了。這時老村長已經找來二十個沒染病的小青年，其中就包括石頭。萬卡對他們說：「等會你們跟在我後面，不要說話，聽我指揮就行。」

那二十個人都紛紛點頭說：「是。」

二十個人一人一個背簍，朝着大山的方向出發了。

月亮剛好鑽進了雲層，黑幕給了五個人最好的遮蔽，他們悄無聲息地走近了封鎖線。可以見到沿着封鎖線有一堆堆的篝火，每堆篝火旁邊都有五六名哨兵圍着在烤肉，你爭我搶的，十分熱鬧。

萬卡小聲吩咐後面的人注意隱蔽，然後俯伏在地上，慢慢向着一堆篝火爬去，爬到很接近時，他悄悄地往那堆火扔了一顆玻璃珠大小的藥丸。發出的小聲

響被吵鬧聲蓋住了，士兵們渾然不覺，小藥丸被火燃點，發出一股淡淡的香味。

萬卡趕緊用準備好的濕布捂住口鼻。

「呵，好睏！」一個士兵一邊吃着烤肉，一邊嘟嚷着。

「我也是……」另一個士兵還沒説完，就撲通一下躺倒在篝火邊上，呼呼睡着了。

「火快要滅了，還不加點樹枝！你們這班懶鬼，快給我起來。要是讓裏面的人跑了出來，你們就死定了。」一個小頭目模樣的人推了推躺倒的士兵，可沒提防，他自己也撲一聲倒在地上了。

篝火邊上的四個人，一個接一個地躺倒地上，燃燒着的篝火慢慢暗下去，最後熄滅了。

「行了！」萬卡興奮地捏捏拳頭，然後轉頭朝後面招招手。

萬卡貓着腰向前跑去，後面的人也跟在他後面，迅速地越過了封鎖線。

第五章

藥到病除的神醫

曉晴和曉星一直守在小嵐身邊，幸運的是小嵐體溫正常，呼吸也越來越平穩。守到半夜時，姐弟倆睏得要命，也都躺在小嵐身邊呼呼大睡，直到早晨的太陽升起，陽光曬進了草房子，還沒醒來。

倒是小嵐先醒了。萬卡怕她醒來傷口痛，所以手術後又給她服了些安神鎮定的藥，算起來她已經睡了十幾個小時了。醒來後覺得有點迷糊，咦，自己在哪裏呀！

看看身處的草房子，摸摸身下乾草鋪成的牀，腦子突然清醒了，想起了之前的一幕幕——

身處電視劇場境，見到了患病的小男孩小寶和他的母親；在利箭射向小寶和他娘親的危急關頭，自己撲了上去；然後……就沒有然後了。因為箭射到身上，那種徹骨的痛令自己昏了過去，什麼都不知道了。

後來發生了什麼事？是誰把自己身上的箭取出來

的？箭傷處還有一些痛，但那是可以忍受的痛，這說明那幫助自己的人醫術高明，手術十分成功，難道在這古代，還有華陀一樣的「醫聖」？

身邊有人發出夢囈，小嵐一偏頭，不禁圓睜雙眼，又驚又喜：「曉晴？曉星？」

「啊！」身邊兩個人慌忙爬起身，心想糟了糟了，還答應萬卡哥哥要守着小嵐呢，但竟然睡着了。

曉晴一眼看到了小嵐，她正用亮晶晶的眼睛瞧着自己呢！

「小嵐，你終於醒了！擔心死我們了！」她正準備撲過去，但又想起小嵐身上有傷，急忙又控制住自己，只是跪坐在小嵐面前，驚喜地看着她。

曉星也睡眼惺忪地挪了過來：「小嵐姐姐，你真嚇死我們了。」

小嵐還沉浸在異時空見到朋友的喜悅中，激動地說：「原來你們倆也來了！」

「嗯！」曉星使勁點頭，「不止，萬卡哥哥也來了。」

「啊，萬卡哥哥也來了！」小嵐這下明白了，「是萬卡哥哥給我做的手術？」

曉星說：「對呀，不就是我們英明神武、仁心仁

術的萬卡哥哥囉！」

小嵐頓時鬆了口氣。心想村民們這回有救了，萬卡哥哥的中醫很厲害呢！治個流感，肯定不是問題。

三個人正在說話，忽然聽到門外有人叫道：「小公子，小公子！」

曉星跳了起來：「叫我呢！」

他跑去拉開門，原來是小寶娘，她正捧着一個冒着熱氣的碗，站在門口。

「阿姨，早上好！」曉星向小寶娘問好。

小寶娘說：「小嵐姑娘醒了嗎？我做了碗蛋花湯，想給小嵐姑娘喝。她昨天流了很多血，得補補。」

曉星點了點頭說：「小嵐姐姐醒了，你請進。」

小寶娘一見到小嵐，眼淚就流了出來，她把湯碗放在一邊，俯身摸着小嵐的頭：「好孩子，謝謝你的救命之恩。」

小嵐笑笑說：「阿姨別客氣。小寶怎麼樣了？」

小寶娘一聽就咧開嘴笑，笑着笑着又流起眼淚來：「小寶⋯⋯小寶已經好多了，身上也不發燙了。真沒想到啊，我還以為他會跟他爹一樣⋯⋯嗚嗚嗚⋯⋯」

「阿姨，別哭，別哭。」曉晴輕輕拍着小寶娘的背。

「好，好，我不哭，我應該高興的。多謝神仙公子，他連夜帶人去山上採來草藥，半夜回來又馬上熬了好幾種湯藥，給病情輕重不同的人分別服用。另外還熬了一種有預防瘟疫作用的，給還沒受到疫症感染的人喝。我來的路上，聽見老村長説不少人已經開始退燒了。真是沒想到啊，還以為我們全村人都會死在這裏呢！」

小寶娘説着説着，又嗚嗚地哭了起來。

小嵐和曉晴曉星交換了一下驚喜的眼神，萬卡哥哥簡直是神醫啊，一劑藥就開始見效。

曉星得意地説：「哈哈，我們再也不用等那什麼李小白寫故事了，也不用追看那電視劇了，因為這電視劇已經被我們演下去了。」

小嵐和曉晴一想，可不，那沒完的劇情，不就是他們現在正經歷着的嗎？她們也忍不住笑了起來。

只有小寶娘聽得莫名其妙，不知這幾個孩子説的電視劇是什麼。她端起湯碗，用勺子勻了湯，送到小嵐嘴邊：「孩子，來，喝點蛋花湯，我特意給你煮的。」

小嵐肚子咕咕地響了幾下，她才想起自己自從昨天穿越過來，就沒吃過一點東西。但她又馬上想起，小寶娘之前就是因為想去給小寶找吃的，才導致被士兵放箭，所以堅決地搖頭：「阿姨，我不餓，你拿回去給小寶喝吧！」

　　小寶娘說：「小寶已經喝過了。神仙公子上山採藥的時候，找到了一窩鳥蛋，全送給我了。我做了兩碗蛋花湯，一碗給小寶，一碗留給你。」

　　小嵐無奈，只好張嘴讓小寶娘把湯餵進嘴裏。小寶娘開心得眼睛彎彎的，好像她自己喝了湯一樣。

　　喝了五六勺，小嵐感到肚子裏暖呼呼的，飢餓也好像緩解了一些，便對小寶娘說：「我沒胃口，不喝了，你留給小寶晚上喝吧！」

　　無論小寶娘怎麼勸，小嵐也不肯再喝。小寶娘看向曉星：「來，小公子，這湯你喝了。」

　　其實曉星早就餓得肚皮貼着後背了，剛才小嵐喝湯時，他就轉過身暗暗嚥口水，但他還是堅決拒絕了小寶娘的提議。這饞嘴貓其實挺懂事的，知道隔離營缺少吃的，自己是大孩子了，得把食物留給小孩子。

　　小寶娘沒辦法，只好把沒喝完的湯蓋好，又叮囑小嵐好好養傷，然後端着碗離開了。

不知道是不是蛋花湯帶來了能量，小嵐覺得虛弱的身體好像有了些力氣，她不想再躺着了，她向曉晴伸出手：「扶我起來。」

曉晴忙按住她：「不行不行。你受了那麼重的傷，得好好躺着。」

曉星也説：「是呀小嵐姐姐，你昨天才動了手術呢，最好別動。」

小嵐搖搖頭，説：「我懂點醫術，我會保護好自己的。我不想老是躺着，越躺越覺得渾身沒力氣。」

曉晴知道小嵐脾氣，她想做的事情是沒有人可以阻撓的。她點點頭，説：「那好，我扶你出去，但不能走太久啊，隨時要坐下休息。」

「行。」小嵐點了點頭。

外面陽光燦爛，照在人身上暖暖的，也讓這死氣沉沉的隔離營有了生氣。一塊草坪上坐了一些恢復中的病人，神仙公子説，曬太陽對病癒有幫助，所以他們或互相扶持，或由家人幫着，來到這裏曬太陽。

見到小嵐在曉晴曉星的攙扶下慢慢走過來，一些目睹小嵐救人的村民，都一臉尊敬地給她打招呼。一些因為生病一直留在草房子裏的人，都好奇地打聽，這漂亮的小姑娘是誰呀？

石頭哥當時目睹小嵐以身擋箭，他告訴大家，這就是救了小寶娘倆的那個小女英雄。

　　「啊，原來這就是小寶娘倆的救命恩人，昨晚小寶娘一直不停地唸叨呢！」

　　「真是難得，這麼嬌嬌弱弱的小姑娘，竟然有這樣的勇氣！」

　　「這小姐姐好厲害啊！爹爹，我長大也要像小姐姐那樣勇敢！」

　　人們驚訝地議論着，最後都很一致地喊了起來：

　　「謝謝小嵐姑娘！」

　　小嵐朝他們微笑點頭，説：「不用客氣。大家好好養病，祝大家早日痊癒，平平安安！」

　　「謝謝小嵐姑娘。也祝小嵐姑娘幸福安康！」人們七嘴八舌地説着祝福的話。

　　小嵐突然感覺到一道温暖的目光在看着她，一看，原來是萬卡朝她走了過來。草坪上的人見了萬卡，都喊了起來：「神仙公子來了！神仙公子來了！」

　　萬卡停住腳步，説：「大家好，都按時喝藥了吧？」

　　老村長代表大家説：「喝了喝了。木桶裏盛的是

治病的，木盆裏盛的是防病的，都讓大家喝了。」

萬卡滿意地點點頭：「好。喝了藥，沒感染的人不會生病了，疫症病人也會慢慢康復的。」

「哇，太好了！」

「謝謝神仙公子！」

「神仙公子萬歲！」

喊聲驚天動地。封鎖線外的軍隊士兵聽到了，都伸長脖子朝這裏看，不知道這些等死的人在激動些什麼。

「不用客氣。救人是大夫的天職，是我應該做的。」萬卡擺擺手，説，「各位好好休息，按時吃藥。我先回去歇歇。」

老村長忙説：「對對對，神仙公子去休息吧。您一晚上沒睡，一定很累了。」

萬卡擺擺手，然後走向小嵐，揉揉她的頭髮：「早知道你坐不住。出來走走也好，但不能有大動作，牽動了傷口，那就麻煩大了。」

「知道了。我會小心的。我不就想親眼看看萬卡哥哥怎樣妙手回春嘛！果然，都被稱作神仙公子了。」小嵐朝萬卡擠了擠眼睛，説，「萬卡哥哥厲害！嘻嘻。」

萬卡輕輕拍了拍小嵐的腦袋：「跟曉星學會拍馬屁了，甜言蜜語的。」

曉星在一旁捂着嘴偷笑：「嘻嘻嘻。」

曉晴突然打斷了他們的談話，有點氣急敗壞地說：「啊，糟啦！」

大家都朝曉晴看，不知發生了什麼糟糕的事。

曉晴焦急地說：「我們跟流感病人住在一起，要是被傳染了怎麼辦！不行，咱們得趕快去喝那些預防流感的中藥！」

「呵呵呵……」曉星指着曉晴，發出怪笑聲。

曉晴有點惱怒：「笑什麼！我說得不對嗎？」

曉星擠眉弄眼地說：「對對對，太對了，姐姐，你趕快去喝苦藥吧！不過我和萬卡哥哥小嵐姐姐是肯定不會去喝的。」

「哼，你自己想死就算了，怎麼拉上萬卡哥哥和小嵐！」曉晴直想揍這個臭孩子。

「你看曉星笑得一副奸樣，就知道有古怪了吧！」小嵐對曉晴說，「你忘了，咱們都注射過預防流感針呢？」

「啊！」曉晴嘴巴大張，一會兒才一拍腦袋，「對對對，我記起來了！我們是打過預防針的，怎麼

就忘了呢！」

「臭孩子，竟敢捉弄你姐！」曉晴惱羞成怒，追打曉星去了。

萬卡看着那打打鬧鬧的兩姐弟，笑着搖搖頭，扶着小嵐：「別管他們，咱們回屋去。」

「嗯。」小嵐在萬卡攙扶下慢慢走着，「萬卡哥哥，你真厲害。這次幸虧你也穿越了，不然這隔離營的人肯定活不了。」

萬卡用腳踢走了前面一塊石頭，免得小嵐不小心踩上去，然後說：「其實厲害的不是我，而是我們聰明的祖先，這次治流感我用的是中國漢代張仲景的方子。輕症流感用桂枝湯治療，重症流感就根據不同病人的情況，分別用麻黃湯或麻杏石甘湯治療。」

小嵐由衷地說：「中醫真是博大精深，令人歎為觀止。」

萬卡頭表示贊同，又說：「現在還不是鬆口氣的時候，因為隔離營已經斷糧了，這些天他們都是在附近找野菜充飢。但隔離營就這麼點範圍，能有多少野菜，應付得了一天應付不了兩天。村民們要是沒吃的，同樣擺脫不了死亡的命運。」

小嵐說：「有向官府要求接濟嗎？」

萬卡說：「老村長要求多次，都要不到糧食。據說這幾年糧食收成都很不好，全國糧食緊缺，疫症還沒發生時，就不斷有百姓餓死。隔離營的百姓，在官府眼中已經是死人了，所以他們絕對不會撥給糧食的。」

小嵐兩道秀氣的眉緊皺着：「怎麼辦呢？難道就這樣眼睜睜看着村民剛擺脫病魔，又得面對飢餓的威脅。」

說着話時，兩人已經回到草房子。萬卡細心地把乾草整理得平整一點，然後扶小嵐躺下。

那兩姐弟也打打鬧鬧回來了。

第六章

神仙賜的馬鈴薯

「幾位，給你們送吃的來了。」四個人正在說話，見到老村長來了，他手裏提了個竹籃，笑瞇瞇地走進了小房子。

曉星馬上走了過去，問道：「啊，有吃的？是什麼東西？」

老村長把竹籃裏的一個瓦罐子捧了出來，放到地上，然後把蓋子打開，原來是一罐熱騰騰的菜羹。他接着又拿出四隻碗，準備把菜羹裝到碗裏。

萬卡把一隻碗放回籃子：「給他們三個吃就行了，我不餓。剩下來的留給病人。」

老村長看着萬卡，有點生氣地說：「神仙公子，你都多久沒吃東西了。要是你倒下怎麼辦？鄉親們還得靠你救命呢！」

萬卡說：「我上山採藥時，石頭摘了些野果給我吃。現在不餓。」

「我聽石頭說了，不就是兩顆指頭般大的野果

子，哪能充飢。」老村長説完，硬是給裝了四碗菜羹。裝好後，又拿起一碗，硬塞到萬卡手裏。萬卡接過碗，把半碗倒回瓦罐，然後才喝了起來。

小嵐和曉晴曉星相互看了看，也學着萬卡那樣，把半碗菜羹倒瓦罐裏。

「你、你們……唉！」老村長生氣地瞪着他們，隨即眼睛又紅了起來，「這叫我們怎好意思呢！你們來到這裏，救我們性命，給我們治病，但我們連頓飽飯都沒能給你們吃。」

萬卡臉上露出温潤的笑容：「村長伯伯，我們是自己人，就別説這客氣話了。」

「自己人？謝謝你把我們這些窮苦百姓當作自己人！」老村長忍不住流下淚水，「大家會永遠記得你們的，子子孫孫都記得。」

曉星吧唧吧唧，很快把半碗菜羹喝完了，他砸砸嘴，説：「伯伯，這是什麼菜？味道還可以呢！」

老村長摸了摸腦袋，説：「我也不知道是什麼菜。發生瘟疫前，有個洋人跑來，説是要買一塊地用來做什麼『試驗』，看能不能在大漢種出他們家鄉的植物。東西剛種下，我們村就發生瘟疫，那洋人害怕得跑回自己國家了。這次官府建隔離營，洋人那塊地

剛好圈在裏面。最近我們的糧食吃完了，野菜也挖完了，無意中發現洋人的那塊地長出了些綠色的菜，這些菜是我們從來沒有見過的。一開始我們都不敢吃，但後來糧食野菜都吃光了，早幾天我們便試着摘了些煮來吃，結果發現味道還不錯，吃了身體也沒事。」

村長從竹籃裏拿出一把綠色葉子，說：「喏，這就是從那塊地裏摘的。可惜的是有一段時間沒人打理，葉子大多都發黃了，能吃的不多。」

萬卡一看那束葉子，馬上咦了一聲。他從老村長手裏接過葉子，細細端詳了一會兒，好像確定了什麼，興奮地喊道：「糧食有了！」

大家都看着他，不知道他為什麼有這樣的反應。這葉子勉強只能填填肚子而已，能稱得上糧食嗎？

萬卡也沒解釋，只是激動地對老村長說：「老人家，請您帶我去洋人的那塊地看看。」

老村長心想那塊地有什麼好看的，長出的綠色葉子已經摘得差不多了，現在去只看到一些不能吃的黃葉子、枯葉子，還有乾旱的土地。

不過，看到神仙公子興致勃勃的樣子，老村長也不想掃他興，便點點頭，起身頭前領路，往洋人的那塊地走去。曉星也跟着去了。

「喏，就是這塊地。」不一會兒就到了，果然像老村長說的那樣，一塊醜醜的乾旱的土地，上面長着一些亂糟糟的葉子。

萬卡蹲在田邊，撿起一把挖土的鐵鏟，又用另一隻手抓住一把葉子，在葉子的根部挖起土來。

曉星興奮地在萬卡身邊蹲下，問道：「萬卡哥哥，你挖什麼？是這地下有寶貝嗎？」

萬卡一臉喜色，說：「沒錯，地下的確有寶貝！」

不一會兒，萬卡從泥土中挖出了一串黃黃的圓滾滾的東西。

「啊，馬鈴薯！」曉星一看大叫起來。

原來，萬卡是學中醫的，作為中醫學生，他能辨認許多種中草藥，而這馬鈴薯葉子也是他認識的中草藥的一種，可以用來主治胃痛、濕疹、燙傷等病。剛才一看到老村長的那束葉子，他就認出是馬鈴薯葉，也就猜到了那位洋人種了些什麼了。

馬鈴薯原產於南美洲，在原來的那個時空裏，是在明朝時才傳入中國，沒想到，在這個時空裏，漢朝時就已經有人把馬鈴薯帶來了。

老村長見到萬卡變戲法般挖出東西，十分驚訝。還以為這塊地只是長出了些能吃的綠色植物，沒想到在

植物的根部，還長了這些黃澄澄、圓不溜秋的東西。

「這、這是什麼？」從現代來的人當然都知道馬鈴薯，但作為古人的老村長卻從沒見過，不知是什麼玩意兒。

萬卡提起那串馬鈴薯，笑着說：「這是救命的糧食。」

「啊，這，這能吃？！」老村長很吃驚。

「當然能，還很有營養呢！病人有了它，病好得更快，我們再也不用挨餓了。」萬卡笑呵呵地說。

「天哪，真的？！那地底下還有嗎？」老村長眼睛睜得大大的，死死盯着那塊地。

「有，有很多！多得全村人可以吃好長好長時間。」萬卡答道。

「啊，天哪天哪！」老村長激動得鬍子直抖，「謝謝神仙公子，不但給我們治病，還帶來活命的糧食。」

萬卡擺擺手說：「這不是我帶來的，只是恰好我知道……」

「不不不，就是神仙公子帶來的。」老村長固執地說，「這塊地在我們眼皮下這麼長時間，我們也沒看出地下藏有寶貝，但神仙公子你一來，寶貝就出現

了。分明就是神仙公子帶來的嘛！」

萬卡無奈地笑笑，不再費口舌反駁了。他說：「村長伯伯，您馬上組織人來挖些馬鈴薯，讓村民吃飽再說。」

「好！」老村長一顛一顛地跑回去，不一會兒就帶來了一幫人。

「神仙公子賜給我們一種新的糧食，這種糧食叫馬鈴薯，我們先挖一部分回去給鄉親們充飢。」老村長意氣風發地一揮手，然後又蹲下身子示範，「就這樣挖。小心點，別把馬鈴薯碰壞了。」

神仙公子帶來的新糧食？！

村民們沸騰了！儘管他們沒見過這種古怪的農作物，但他們相信神仙公子，他帶來的東西一定是好的。

村民們學着老村長的樣子，在地裏挖呀挖呀，挖出了十幾籮筐的馬鈴薯。

「這東西怎麼吃？」大家都不知道怎麼處理馬鈴薯。

「我教給你們其中兩種最方便快捷的方法。」這時輪到吃貨曉星大顯身手了，他神氣地說，「首先把馬鈴薯洗乾淨，然後燒一大鍋水，把馬鈴薯放進去煮，煮好了，把皮剝掉，蘸些鹽，就能吃了。第二種

方法，挑些較小的，用鐵釬穿起來，放到火上烤，烤好了放些鹽，味道好極了！」

其實曉星起碼知道有幾十種馬鈴薯做法，但現在條件所限，只能做最簡單的了。

在一塊大空地上，村民們開心得就像過年似的，大人們煮馬鈴薯的煮馬鈴薯，烤馬鈴薯的烤馬鈴薯，小孩子就在人叢中跑來跑去，叫着、喊着，大家都知道，神仙送吃的來了，他們不會餓死了。

鍋裏，火堆上，慢慢傳來了陣陣香味，馬鈴薯可以吃了。每個村民都分到了兩個，在曉星的示範下，剝去皮，迫不及待地咬了第一口。

所有人的眼睛都亮了！慢慢咀嚼着，那種美妙，那種軟綿，人人為之動容。小孩子都眉開眼笑，大人們卻是熱淚盈眶，有位老人還號啕大哭起來。

可能有人說，為了一個馬鈴薯，激動成這樣，不會吧？飽肚子的人不知道飢餓的人是多麼的淒慘，自從糧食歉收後，老村長他們只有過年過節才能吃上用米糠和菜做的食物，平日裏有頓野菜吃已經很幸運了。所以，軟滑美味的馬鈴薯吃在村民們嘴裏，簡直是天上神仙才能吃到的美味佳餚。所有人都第一次有了享受食物的感覺，還有吃飽肚子的感覺。

第七章

我是來送祥瑞的

有了藥物的醫治，有了馬鈴薯的能量加持，隔離營裏的病人都陸陸續續痊癒了，隔離營裏沒有了痛苦的呻吟，代替的是劫後餘生的喜悅和感恩。

「感謝神仙公子救命之恩！」一戶又一戶村民扶老攜幼，向萬卡磕頭謝恩。

這是今早第三十五個家庭了。被治癒的病人紛紛前來，用他們認為最隆重最神聖的形式，向救命恩人萬卡磕頭致謝。

「老人家，快起來快起來！」萬卡急忙扶起那戶人家中的長者，他又回頭對老村長說，「我不是讓您轉告大家，救死扶傷是大夫天職，讓他們不要再來磕頭了嗎？」

老村長無奈地笑笑：「我說了，一間草房一間草房地去說。但他們不聽啊！」

在萬卡的勸說下，接踵而來的幾戶人家沒有堅持磕頭，只是說了感謝的話就離開了。

萬卡對老村長說：「其實現在所有患者都痊癒，可以離開隔離營，回自己家了。」

「我也想啊，鄉親們已經是歸心似箭了。」老村長說完，又苦笑着說，「不過，官府是不會讓我們離開的，他們根本不相信我們能好起來。他們把我們隔離起來，就是等我們全都病死了，一把火燒掉，把病人和病菌全部消滅。他們是不會讓我們離開這裏的。」

站在老村長旁邊的石頭哥說：「是呀是呀。昨天老村長帶着我去喊話，嘗試去跟那些官兵溝通，告訴他們染病的人已經全部康復，但他們根本不相信。那個帶隊的將軍，還說瘟疫已經在全國範圍內蔓延，這樣的隔離營已經有成千上萬，裏面每天都在死人。大夫已經宣布，這病沒藥可治，一旦染上就只有死路一條。我想跑近點跟他們說理，卻被他們放箭威脅。」

「原來外面疫情已經這樣嚴重了嗎。」萬卡的眉頭皺出了一個川字，「得儘快把治病的藥方傳出去，救活更多患者。可是，怎樣才能讓官府答應放我們出去呢？」

旁邊站着身體恢復得差不多的小嵐，她眼珠轉了轉，笑着說：「我有辦法！可以這樣這樣……」

萬卡聽了大笑：「小嵐厲害，這回十拿九穩了！」

小嵐歪着頭看着萬卡：「說做就做，怎樣？」

萬卡笑着說：「好啊！」

「先把東西準備好。」小嵐挑了幾個外皮光滑、模樣周正的馬鈴薯，把上面的泥擦乾淨，接着問老村長要了一個竹籃子，把馬鈴薯放進去。

萬卡把馬鈴薯提起來，伸出手，對小嵐說：「走！」

「嗯。」小嵐握住了萬卡的手，兩個人向着對面封鎖線外的士兵走去。

看上去兩人一點不像去做一件有生命危險的事，倒像是相約去郊遊、去看電影似的。

曉晴和曉星在屋裏睡懶覺，這時剛好走了出來，見到小嵐和萬卡正對面官兵走去，曉星忙喊道：「萬卡哥哥，小嵐姐姐，你們去哪兒？」

曉晴也着急地喊：「危險，你們快回來！」

萬卡和小嵐沒管他們，繼續向前走着。這時村民們和遠處的官兵都給驚動了，村民們都緊張地看着，官兵就都警惕地監視着。

眼看兩人沒有停止的意思，那邊的官兵大喊一

聲：「站住，不許再往前走了！」

曉晴和曉星急得朝萬卡兩人跑了過去，想拉住他們。有十幾個村民也都跟着跑了過去。

「第二次警告你們，趕快回頭，否則格殺勿論！」官兵中有人大吼。而且嘩啦一聲，一隊士兵提弓搭箭，作出準備發射的樣子。

「住手！」

「不許傷害神仙公子！」

村民們嘩啦啦全都跑去了。

萬卡和小嵐停住腳步。他們這才發現，身旁身後站了很多人，大家都來了，怒視着對面的官兵。

「你們趕快回去，否則我們不客氣了！」封鎖線那頭出現了一個身穿將軍服飾的人，他氣急敗壞地喊着。

「將軍，我們想跟你談談。」萬卡嚴肅地説。

「沒什麼好談的。我們奉命圍住隔離營，你們一個都不許出來，否則刀劍無情！」將軍不耐煩地説。

可是，對面的那羣人卻巋然不動，沒有回去的意思。

「別以為我不敢！我説三下，再不回去，就放箭了！」將軍舉起手，吼道，「一……二……」

「慢着！」一聲清脆的嗓音響起。

將軍一看，是一個很年少很漂亮的女孩。只見她一臉的鎮定，彷彿沒看到對面一把把拉開的隨時可以奪人生命的弓箭。

將軍先是被女孩的美麗還有從容鎮定嚇住，繼而看到了女孩包紮着的肩膊，他馬上醒悟過來，原來這就是早幾天中箭的女孩。

將軍的手一下子垂了下來，那個「三」字也噎在喉嚨出不來了。

將軍也有一個這麼大的女兒，很乖很文靜的一個女孩兒，將軍平時寵得連一句都捨不得罵。

將軍很記得前些天的那一幕。那天他正從外面回來，遠遠見到官兵為了制止村民走出隔離營而放箭，箭射中一個女子，那噗的一聲悶響，分明是射得極深。當時場面亂糟糟的，也不知道射着了什麼人，現在才知道，原來，射中的是一個像自己女兒般大的、美麗的女孩子。

將軍覺得自己經歷戰場生死考驗、堅硬如鐵的心，倏然間變得柔軟起來了。

「把箭放下。」對士兵吼了一聲，將軍然後看向小嵐，他的聲音變得溫和起來，「回去吧，我不想傷

害你們。」

士兵們放下弓箭，他們都有點納悶，這個將軍素有兇名，對人不是吼就是罵，今天聲音怎麼變得這樣溫柔了？

小嵐上前一步說：「謝謝將軍大人。希望將軍大人聽我說幾句話。」

將軍竟神差鬼使地點了點頭：「你說。」

「將軍大人，我們是來獻祥瑞的。」小嵐鄭重其事地說。

祥瑞，指吉祥的徵兆。在古代被認為是表達天意的、對人有益的自然現象。如天上出現異常景象，地上長出特別的植物或出現奇禽異獸等等。對於帝王來說，自己管治的地方出現祥瑞，是說明自己管治有方、國運昌隆。

所以，那位將軍一聽到「祥瑞」兩字，馬上重視起來：「什麼祥瑞？」

小嵐從萬卡手裏拿過竹籃，捧在胸前，說：「這祥瑞叫馬鈴薯，是上天賜下來的，可以解決當前糧食短缺的困難。」

「啊！」將軍又驚又喜，簡直不相信自己耳朵。

令整個國家陷入絕境的，就是缺糧和疫症，這小

姑娘竟然說有了能解決糧荒的祥瑞！

「這祥瑞，能吃？」將軍半信半疑。

「能吃，而且還可以作種子種植，三個月有收成，畝產最少有兩千多公斤。」小嵐突然想起漢朝的計量單位好像是按鈞呀石呀的，但她一時又想不起來怎樣換算，只好按原先那個時空的計量單位了。

看到對面那位將軍一臉的震驚，就知道他聽懂了。這裏的計量單位竟然也是以公斤算呢！

是的，將軍聽懂了，他震驚得嘴巴都不自覺地張大了。可以吃，可以作種子，而且三個月就可以收成，更驚人的是，畝產最少竟然可以達到兩千多公斤。世界上真有這樣的東西嗎？如果真有的話，那就真是了不起的祥瑞了。

這祥瑞一出，可以令多少百姓免於餓死啊！

將軍竟然忘了對面那羣人是極度危險的疫症患者，他飛快地跑到小嵐跟前，從竹籃裏拿出一個馬鈴薯，聲音顫抖地問：「小姑娘，你說的是真的？這東西，噢，不不不，這祥瑞畝產最少有兩千多公斤，那最多的呢？」

小嵐眼睛亮晶晶的，說：「最多可達五千公斤。」

「啊！」將軍眼珠都快掉出來了，愣了一會兒，他伸出手，結巴着説，「給給給給給我，我要馬上送去給陛下。」

小嵐抱住竹籃不放：「上天降下祥瑞時，囑咐我們親手交給皇帝陛下。」

「由你們親手送給陛下？啊，不行！不行！」將軍這時才想起，這些人是傳染性極高的疫症病人。他嚇得「啊」了一聲，轉身跑了。

「回去，趕緊回去！你們不要把瘟疫帶出來！祥瑞，由我們轉送。」將軍跑得遠遠的，才停住腳步，猶有餘悸地説。

「我們病好了，全好了！」小嵐指指身後的村民，説，「將軍大人，你好好看看，這些叔叔伯伯，嬸嬸阿姨，還有這些小朋友，他們的樣子像是病人嗎？」

「是呀，我們像是快要死的人嗎？」

村民們七嘴八舌地附和着，有些小伙子還用拳頭使勁拍打胸膛，顯示自己健康的身體。小寶也掙脱了娘親的手，跑到前面，「嘿嘿嘿」喊着踢腿蹬腳上躥下跳的。

將軍的眼神有點迷惘，之前把這些人隔離起來

時，不是連站都站不住、只剩下半條人命的嗎？怎麼現在看上去一個個都精神翼翼的，真的不像有病的樣子：「你們、你們真的痊癒了？」

「我們真的痊癒了！」千多人一起喊道。

將軍一臉的不可思議：「你們是怎麼好起來的？有神仙搭救嗎？」

老村長走到萬卡身邊，說：「將軍大人，您說對了，真的有神仙搭救我們。就是這位神仙公子，用草藥治好了我們全村老少。」

將軍向前走了兩步，又停了下來。他看向小嵐：「小姑娘，我信你。真的有神仙把所有人治好了嗎？」

小嵐點點頭，說：「是的，沒錯。治癒瘟疫的藥方，就是我們要獻的第二個祥瑞。」

「哈哈哈，哈哈哈，太好了太好了，兩個祥瑞，真是及時雨呀！國家有救了，百姓有救了！」將軍仰天大笑，笑個沒完。

「將軍，將軍！」旁邊的小頭目急得直叫喚，怕將軍笑着笑着笑死了。

「我沒事！」將軍瞪了小頭目一眼，又笑容滿面地對小嵐說，「好，你們稍安勿躁，先回去歇着，我

66

馬上寫奏章，儘快把事情向皇帝陛下稟報。忘了問，
小姑娘，你叫什麼名字？」

　　小嵐回答說：「我叫小嵐。」

　　將軍說：「我姓徐。我也有一個像你這麼大這麼
漂亮的女兒。哈哈哈！」

　　又笑！惹得一旁的小頭目好擔心。

第八章

歷史上的漢安帝

小嵐和萬卡見到事情已按着他們所希望的,順利地發展着,所以謝過徐將軍後,就帶着村民們回隔離營去了。

大家都喜氣洋洋的,相信再過一段時間就可以恢復自由,可以回家了。

萬卡趁着這段時間,帶着村民們把地裏的馬鈴薯全挖了出來。一部分分給村民,讓他們吃一些,留一些用來栽種,還把栽種方法教給了他們。村民們都很激動,從此以後,他們就再也不愁沒吃的了。

留下大部分馬鈴薯,萬卡打算交給漢安帝,由他找人試種,然後在全國範圍內普及種植。

沒想到事情發展這麼順利。就在當天下午,徐將軍就帶來了一名姓呂的宣旨太監,還有由御醫丞率領着御醫局的一隊御醫。按時間推算,應是徐將軍的奏章在層層部門中都是一路綠燈,暢通無阻,直達皇帝面前。而皇帝也馬上審閱,即刻批示,派出呂太監和

御醫局御醫，前來宣旨和確認祥瑞、察看疫症恢復情況。看來解決疫情和缺糧，已成了國內刻不容緩、急需解決的嚴峻問題，所以皇帝如此重視。

呂太監打開黃色的聖旨，大聲宣讀。聖旨內容大意是，大漢漢安皇帝喜聞有瘟疫患者痊癒，並有祥瑞呈獻，聖心大慰。特派御醫局御醫來隔離營查看，如果情況屬實，可讓村民出營，帶上祥瑞入宮晉見。

宣讀完聖旨，御醫丞便帶着十多名御醫，蒙上面巾進入隔離營。

病人的康復情形令他們感到無比震驚。自從發生瘟疫後，全國各地呈報上來的只有染病數字，死亡數字，卻沒有一個康復數字。現在一下子就見到了這麼多康復病人，怎叫他們不驚喜若狂。

「你那裏怎樣？」

「全部康復，一個也沒有少！」

「我這裏也是，全好了，全好了，哈哈，真是奇跡啊！」

「哪裏來的神醫高手？真是國家之大幸啊！」

御醫們把自己負責的病人全部診斷後，紛紛表示自己的喜悅與震驚。

御醫丞帶着一班御醫找到了老村長，問道：「老

人家，請問是哪位神醫，把病人治癒的？」

「是神仙公子。」老村長回答。

「神仙公子？！」御醫們互相瞅瞅，個個瞠目結舌。

原來真是神仙！真是神仙啊！怪不得所有大夫都感到束手無策時，這裏卻活人無數。

「神仙公子在哪裏？快，快帶我們去拜見！」御醫丞兩眼冒光，催促老村長。神仙的故事聽得多了，但他們還沒見過真的神仙呢！

「神仙公子……在睡覺。」老村長説。

「在睡覺？」御醫們好像發現了什麼秘密，原來神仙也要睡覺的。

老村長接着説：「神仙公子日以繼夜治療病者，一直沒好好休息過。直到剛才聽到皇上聖旨，他才放心地回去睡了。」

原來是這樣。日以繼夜診治病人，就是神仙也累啊！御醫們對這位神仙充滿了敬意。

正在這時，有村民大聲喊道：「神仙公子來了！」

御醫們全都「唰」地轉過頭去。只見來了兩男兩女四名少年人，一個個長得跟畫兒上走下來的人物似

的，英俊秀美、高貴大方。而身形最高的一位，劍眉星目，面容俊秀，舉手投足間自有一種氣勢，令人望而折服。

不用老村長介紹，一眾御醫就知道哪位是神仙公子了。於是由御醫丞帶頭，全體御醫跟着，一齊跪下向萬卡叩拜：「拜見神仙公子！」

萬卡一見心裏直嘀咕，這裏的人怎麼這樣喜歡跪！他急走幾步，扶起最前面的御醫丞，說：「各位請起。」

御醫丞卻不肯起來，他熱淚盈眶，哽咽着說：「神仙公子下凡救苦救難，我大漢百姓何其有幸啊！」

萬卡有點哭笑不得，村民們亂叫的，你也信？使了點勁，他把御醫丞扶起，一班御醫這才跟着站了起來。

這時呂太監滿臉春風走來，大聲宣布說：「經查明，徐將軍所奏情況屬實，隔離營眾人即時解除禁令，可返回家園。」

呂太監又向萬卡等幾人鞠躬作揖，說道：「漢安皇帝有請神仙公子及幾位神仙弟子，攜祥瑞入宮。」

萬卡點點頭，說：「願意之極。事不容遲，馬上

出發吧！」

「謝謝神仙公子！」呂太監大喜，他手一招，四名小宮女各手捧一套漢服，走了過來。

呂太監對萬卡和小嵐四人說：「這是我們陛下所賜錦服，請各位更衣。」

萬卡等人也不推辭，接過小宮女手上衣服，各自找地方換衣服去了。

穿越來到這裏，他們一直穿着村民給他們的衣服。這個時代的窮人，只能穿粗糙的麻衣和葛衣，穿在身上像有很多根刺在摩擦着皮膚，十分難受。再加上古人個子普遍比現代人矮，衣服穿起來有點窄小，很不舒服。所以見到皇帝賜的絲綢衣服，就都一點不客氣地接受了。

四人換了衣服出來，不論是呂太監還是太醫，或是村民、士兵，都看呆了。

俗話說，人靠衣裳馬靠鞍，之前穿着破舊的衣服，都給人神仙般的感覺，現在穿上華衣美服，就更加不得了啦！看衣袂飄飄、優雅脫俗，比畫兒上畫的俊男美女還要漂亮呢！

呂太監和宮女、御醫這些常見到皇帝的人，更是被走在前面的萬卡嚇得倒抽一口冷氣，這位少年神仙

太有氣勢了，這讓他們馬上想起了大漢的皇帝陛下。

呂太監強按下心中驚疑，他尷尬地合上了張得大大的嘴巴，對萬卡作揖說：「請神仙公子登車。」

村民們見到救命恩人要離開了，都走過來告別。大家全都依依不捨的，萬卡一行人被重重圍住，無法離開。

小寶娘哭得兩眼通紅，捨不得小嵐離開，小寶一手扯着小嵐的衣服，一手拉着萬卡的手，扭着身子說：「神仙哥哥，神仙姐姐，我不讓你們走，我不讓你們走。」

小嵐摟着小寶哄了好久，小寶才嘟着嘴放了手。

萬卡對村民們大聲說：「各位鄉親父老，疫情緊急，全國還有很多患者，等着我們的救命藥方……」

這時老村長也站出來說話了：「大家讓讓，讓神仙公子趕快去救人吧！」

村民們只好不捨地讓開了路。

萬卡四人登上皇帝派來接他們的馬車，往皇宮而去。馬車走出好遠，還看到隔離營方向，村民們在朝他們不斷揮手。他們也朝村民們揮手，直到視線裏的村民們變成小螞蟻一樣，他們才放下了車簾。

馬車車廂內很寬敞，很舒適，兩匹馬拉着，一顛

一顛的很有趣。曉星摸摸這裏，摸摸那裏，又揭開車窗的簾子朝外看：「嘩嘩嘩，快看快看，進城了進城了！跟我們上次去西漢時的街道很相像啊，果然是另一個平行世界裏的漢朝。」

之前他們曾經去過漢高祖年代，還呆了挺長的時間，對漢代了解很深。

大家都朝外面看，的確如曉星所說，不管是街道建築、行人衣着打扮，都跟漢朝差不多。

小嵐笑笑說：「在我們那個時空的漢朝，也有一個漢安帝呢！不知這大漢國的漢安帝，跟我們那個時空的漢安帝有沒有相似之處。」

萬卡對中國歷史很熟悉，他說：「希望不似。我們時空的那位漢安帝劉祐，在歷史上評價很差呢！」

曉晴學歷史，屬於考完試就忘掉的那類，所以對漢安帝這個人沒什麼印象。她好奇地問：「怎麼差法？」

小嵐受她的考古學家父母影響，對中國歷史認識較深，她告訴曉晴：「漢安帝腐敗無能、貪圖享樂，令到民不聊生，社會矛盾激化。他執政期間，不辨是非，不分忠奸，對身邊宦官寵臣過於信任，聽不進忠臣的勸告，導致整個朝政腐敗不堪。東漢百年的輝煌

基業，被他短短五年時間就毀得一乾二淨，東漢政權從他開始徹底衰敗下去。」

萬卡點點頭，說：「其實，劉祜這個人從小聰明伶俐，懂禮節，是劉氏子弟中最優秀的。他之所以這樣昏庸無能，是因為在他的成長過程中，不但沒有人管，還被人有意地放縱，才讓他長歪了。」

曉星一臉的好奇，問道：「啊，為什麼呢？皇帝不是應該自小就用很多資源去培養和教育的嗎？怎麼會沒有人管，還有意放縱呢？」

萬卡說：「劉祜做皇帝時才十三歲，他本就是個普通皇室子弟，沒有受過執政方面的培養。因上一任皇帝劉隆不到兩歲就去世，沒有子孫，所以被皇室推舉做了皇帝，一時間也沒有思想準備。而他登位以後，有十四年的時間都是由太后執政的，他只是個像扯線木偶般的傀儡皇帝。太后熱衷於手中權利，忽略了對劉祜的教導，導致了劉祜有許多失德行為，這令到太后很不滿意。加上這位太后過於看重權利，不想把大權交還劉祜，覺得劉祜越荒唐她就越有藉口繼續執政，所以對劉祜就越來越放任，更不會去教他怎樣做皇帝。事實上，劉祜就是在這種既無權又沒人教導的環境裏成長起來的。」

曉晴聽到這裏，撇撇嘴說：「這個皇帝，當得也真夠憋屈的。」

曉星聽得聚精會神的，他追問道：「登位十四年都由太后執政？那他後來是怎樣拿回執政權的？」

萬卡繼續說：「後來太后去世，漢安帝才有了親政的機會。而這時他已經二十八歲，世界觀已經形成，再去學習怎樣做皇帝，再去改變身上惡習，已很困難了。而事實上，可以說東漢是敗在他手裏的。」

曉星原先對去見皇帝還有點興致勃勃的，現在好像提不起興趣了：「原來是這樣一個昏君，真不值得我們去幫！」

萬卡笑笑說：「曉星，此劉祜不是彼劉祜，這是不同時空的兩個皇帝呢！我相信這裏的漢安帝應該是個憂國憂民的好皇帝，你看他這麼重視治瘟疫、解決糧荒，就知道他一定心繫百姓，急於為百姓紓困解難。」

「我也覺得這位漢安帝應該跟那位漢安帝很不一樣。」小嵐點頭贊同，「這個猜想很快會揭曉了。」

曉晴雙手捧臉，一臉期待：「我覺得，也可能他是世界上最聰明、最有智慧、最英俊儒雅的皇帝呢！」

曉星睨她一眼：「姐姐，你花痴病又犯了，快吃藥吧！」

花痴暴起：「先給一個炒栗子你吃！」

曉星摸摸被敲痛的腦袋，唉了口氣，做人弟弟難，做花痴的弟弟更難！

第九章

議事殿變成菜市場

車子在曉星的哀怨中停了下來，原來他們已經來到城門入口。

為防止把疫病帶進城內，疫情期間城外的人一律不許進入，呂太監拿出令牌，一行幾輛馬車才被放行。

馬車接着走了十來分鐘，又停下了。

呂太監在前面那部車走下來，用尖細的嗓子喊道：「到皇宮了，請神仙公子下車！」

萬卡首先下了車，回身想扶其他人下來，但小嵐、曉晴還有曉星，已經在他後面砰砰砰砰跳下了車。

看看周圍環境，原來他們已經站在皇宮大門口。從大門口望進去，可以見到裏面一座座巍峨莊嚴的宮殿。

曉星瞧了瞧，説：「沒故宮漂亮。」

如果換了別的人，呂太監一定會不高興的，説不

定還會向皇帝陛下告個小狀，説他們目中無人、以下犯上呢！但現在他卻仍然保持笑瞇瞇的模樣，因為他心裏想這小公子説的故宮，一定是神仙的宮殿吧！神仙的宮殿比凡人的漂亮，這一點不出奇呢！

皇帝在同和殿接見他們，由大門口去到同和殿要走不少路呢。於是，他們又坐上了來接他們的轎子，每人坐一頂，由轎夫抬着一顛一顛地走着。走了十多分鐘，才聽到外面呂太監在叫：「請下轎！」

「哇，終於到了。這轎子顛得我骨頭都快散了！」曉星忙不迭地跳下地，左看看，右看看，原來他發現自己站在一個很大很大的廣場，而前面接近百米遠的地方，有一座紅磚綠瓦的宮殿，宮門上方掛着一塊寫着「同和殿」的牌子，而宮殿門口的兩側，各站了一隊衞士，一直排到他現在站立的地方。

「太監伯伯，還要坐轎子嗎？」曉星問道。

呂太監搖頭笑道：「不坐了，不坐了。從這裏去同和殿不可以坐轎子的，要走過去。」

「哦。」其實曉星一點不喜歡坐轎子，走路過去正合他意。

這時萬卡和小嵐、曉晴也下了轎子，一行四人在呂太監的帶領下，向同和殿走去。

「神仙駕到——」

一聲怪腔怪調的叫喊把他們嚇了一跳。

「神仙駕到——」

又是一聲叫喊。

一聲接一聲的叫喊，把萬卡他們到來的消息傳到了同和殿裏。

在喊聲中，四個人邁進了大殿。萬卡和小嵐走在前面，曉晴和曉星緊跟在後面。

只見大殿前面正中，坐着一個頭戴金冠、身穿龍袍皇帝打扮的人，而大殿兩邊，就各站了一排身穿官袍的官員，每排大約二十多人。見到萬卡小嵐他們進來，所有人的目光都落到他們身上。

「這個時空見到皇帝要跪下磕頭嗎？」曉星悄悄問身旁的曉晴。

「才不呢！我們萬卡哥哥也是皇帝，怎麼可能給他磕頭！」曉晴撇撇嘴說。

幸好，他們的糾結馬上得到解決了，只見那個高高在上的漢安帝從龍椅裏站了起來，走下台階，迎向客人，他走到萬卡面前，激動地說：「謝謝神仙公子救活了長青村村民！」

萬卡不卑不亢地說：「陛下不要客氣。救治病人

是每一位大夫的天職，我只是盡了一名大夫的責任罷了。」

漢安帝一臉的急切，看向萬卡懇切地說：「現時疫症蔓延，我國已到了十分危險的時刻，懇請神仙公子出手，救我大漢千萬百姓。」

萬卡點點頭，取出寫有治療流感的處方，說：「皇帝陛下，這就是治瘟疫的藥方，還有服用方法。」

皇帝大喜，竟不顧自己身分，向萬卡作了一揖：「謝謝神仙公子！」

他雙手顫抖着，接過藥方，又大聲命令道：「給四位賜座！」

「是！」四名小太監應聲出來，很快搬來四張椅子，擺在右邊大臣的前面。萬卡四個人毫不客氣地坐了。

漢安帝回到龍椅坐定，對站在右邊頭位的一名老臣說：「陳丞相，有關治療瘟疫一事，由你全權負責。你迅速從太醫院和御醫局選派大夫前往各地，朕希望儘快撲滅疫病，不要再有人死亡。」

陳丞相從太監手裏接過藥方，朝漢安帝深深下拜，激動地說：「臣定不負陛下所託。臣會在今日內

派遣醫療隊伍，帶同神仙藥方前往各地救治患者，讓百姓早日脫離苦難！」

漢安帝揮揮手，説：「朕相信你能辦好。救人要緊，你趕快去安排吧！」

陳丞相朝漢安帝深深地一揖，然後走出了大殿。

漢安帝又滿臉笑容地對萬卡説：「神仙公子，聽説另外還有祥瑞獻給朕？」

萬卡站起身，説：「是的。另有一物，能作為主食，解決國內饑荒。」

萬卡回頭向呂太監示意，呂太監點點頭，走出大殿，叫兩名待衞把一籮筐馬鈴薯抬了進去。

萬卡從籮筐裏拿出一個馬鈴薯，説：「這叫馬鈴薯。」

漢安帝從龍椅上站了起來，走下台階。他彎腰從筐裏拿起一個馬鈴薯，好奇地端詳着。

這石頭一樣沉甸甸的東西，真的像徐將軍的奏章中提到的，能吃，還能再種植？

漢安帝對萬卡説：「能否請神仙公子介紹一下這祥瑞。」

萬卡點點頭，説：「可以。」

萬卡舉着手中馬鈴薯給大臣們看，介紹説：「馬

鈴薯含有大量的澱粉，能為人體提供豐富的熱量，又富含蛋白質、氨基酸及多種維生素、礦物質，尤其是維生素含量是所有糧食作物中最多最全的……」

儘管萬卡說的很多詞語，讓皇帝和大臣們感到陌生和不理解，但起碼聽明白了，這馬鈴薯是一種能滿足人體需要的理想食糧。

萬卡繼續說：「馬鈴薯很容易種植，而且產量大。一般情況下，一畝地都可以收成兩千公斤，如果有適合的土地和合理的管理，還能使畝產達到五千公斤以上。馬鈴薯從播種到收成所需時間不長，三月份或九月份播種，三個月左右就可以成熟……」

萬卡還沒介紹完，大殿裏就沸騰得像個菜市場，不管是漢安帝，還是眾大臣，全都驚喜若狂。

「畝產五千公斤？！天啦，我要瘋了！」

「三個月左右就可以收成，那現在開始種，幾個月後百姓就有吃的了！」

「還含有那麼豐富的營養……」

大臣們三個一堆，五個一羣，激動得手舞足蹈、口沫橫飛。

而漢安帝就下死勁地瞅着手裏的馬鈴薯，像要把它看出一朵花來。想到三個月後就能長出馬鈴薯，長

出後又可以用作種子再種下，長出更多的馬鈴薯⋯⋯

漢安帝眼前出現了一座不斷上升的馬鈴薯山，這座山越長越高、越長越高，全國人民怎麼吃也吃不完，他不由得哈哈大笑起來。

大臣們也跟着笑，一時間，大殿裏歡聲笑語、喜氣洋洋。

「太好了，真是太好了！」漢安帝只覺得這段日子的鬱悶一掃而空，他忍不住又朝萬卡作了一揖，說，「朕替天下萬民，謝過神仙公子！」

萬卡急忙回禮，笑道：「陛下不必客氣。」

「要的要的。」漢安帝眉開眼笑地說，然後又問，「請問神仙公子，可否給我的農官教授馬鈴薯種植法？」

萬卡微笑點頭：「當然可以。你可以把有關人召集來，我給他們上一課。」

漢安帝大喜，又再向萬卡作揖感謝，然後喊道：「大司農何在？」

一名中年大臣應聲而出：「臣在！」

漢安帝意氣風發地一揮手：「你，儘快選出十名農官，向神仙公子學習馬鈴薯種植法。然後找一塊合適的土地，把馬鈴薯種上。」

大司農應道：「臣遵旨！」

有位官員出班說：「陛下，能否煮些馬鈴薯，讓我們嘗嘗味道。」

「不可以！神仙公子送來的東西，一定是美味的。」漢安帝堅決地搖頭，「這些馬鈴薯要留作種子，用於再種植，一個也不能少。」

說完又扭身悄悄對身邊的呂太監說：「給我留幾個。」

呂太監用手捂住半邊嘴，小聲回應：「是，陛下。挑幾個大的。」

漢安帝滿意地點了點頭，坐正身子，又對萬卡等人說：「幾位連日在隔離營救治病人，一定很辛苦了。各位先去荷芳苑休息一下，待朕退朝，再去找神仙公子請教。」

萬卡點頭應允，四個人跟着呂太監離開了大殿。

第十章

皇帝的抉擇

荷芳苑裏，四人組各幹各的。

萬卡在寫着種植馬鈴薯的方法，準備在給農官上課時發給他們；小嵐站在萬卡身旁，一邊給他磨墨，一邊瞧他寫的東西。她對種植馬鈴薯還挺有興趣的；曉星在一邊玩着一個九連環。來到這時空的古代，沒有網絡沒有電子遊戲，還挺無聊的；而曉晴就從花園裏摘來了一堆花，站在鏡子前，這裏插一朵，那裏插一朵，忙得不亦樂乎。

「嘿，太難了，解不開！」曉星把九連環一扔。

悶得無聊的他，看了看站在鏡子前的姐姐，怪聲怪氣地說：「姐姐，別插了。你不知道嗎？插一朵花是美，插兩朵花是臭美，插三朵花就成傻大姐了。」

曉晴回頭，瞪眼：「臭小孩，看我打你！」

曉星趕緊指着外面：「皇帝來了！」

「啊，哪裏？哪裏？」曉晴趕緊收起爪子，變回小淑女。

看向門外，果然見到不遠處漢安帝在一班衛士和太監簇擁下，朝荷芳苑走來。曉晴趕緊把花取下來，只留了一朵，然後跑到門口，等候帥帥皇帝的到來。

咦，怎麼又停下了。有人跑到漢安帝身邊，說了些什麼，漢安帝神色大變，他對身邊的呂太監說了句話，然後腳步匆匆地走了。

曉星伸着脖子看了看，說：「好像發生什麼事了。漢安帝很慌張呢！」

又見到呂太監匆匆忙忙地跑了過來，邊跑邊喊：「神仙公子，救命啊！救命啊！」

救命？！荷芳苑裏的人都驚訝地望向跑近的呂太監。只見呂太監氣喘吁吁地跑進來，對萬卡說：「神仙公子，快救小太子！」

萬卡馬上放下手裏的筆，站了起來：「小太子怎麼啦？他在哪裏？快帶我去！」

「是！」呂太監繼續喘着大氣，轉身跑出屋子。

萬卡跟着呂太監走了，小嵐和曉晴曉星也跟在他後面。

一邊走呂太監一邊講給萬卡聽：「小太子騎的馬受驚了，小太子摔了下來，被馬踩了，昏迷不醒。現在太醫令帶着一班太醫正在診治。」

萬卡問：「有可見的外傷嗎？」

「外表沒有。但小太子一路喊痛，後來還昏過去了。」呂太監說着話，腳下卻一點不受影響，仍然快走如風。

萬卡眉頭緊皺，看樣子很可能是腹腔內臟受損，需要打開腹腔進行縫合修補或者切除受損器官。這樣的手術萬卡讀醫科時學過，手術難度不大，但是，在這落後的古代就比較麻煩了。

呂太監把萬卡四人引到一處堂皇的宮殿，那就是小太子住的東宮。

大門處就見到許多禁衛軍在守着，每個人的臉都是緊繃着的。還有隔幾步就一個的太監宮女，全都低頭站立，大氣不敢出，隨時準備被傳喚。

沿着長廊左拐右彎，終於來到小太子的寢室。呂太監等不及稟報等傳喚，徑自帶人走了進去。

小太子的寢室裏，漢安帝和皇后，還有四五名太醫正焦慮地圍在牀邊，看着牀上的小太子。小太子年約八九歲，樣子清秀，是個漂亮可愛的小男孩，一名白頭髮的太醫，正在彎腰查看小太子的傷勢。

大漢國設太醫院和御醫局，太醫院專管醫治宮內皇親，最高長官是太醫令。御醫局專管醫治宮外大

臣，最高長官是御醫丞。這位白髮太醫就是呂太監所說的太醫令。

人們都緊張地看着，沒發覺有人進來。而進來的萬卡等人也不想打斷太醫令診症，靜靜地站在一邊。

太醫令看完小太子的傷勢，又拿起小太子的手，閉起雙眼給小太子把脈。又過了一會兒，他站了起來，對漢安帝搖了搖頭。

「他們的診斷沒錯。」太醫令看了看另外幾名太醫，又看向漢安帝，「小太子已經傷及臟腑，無法活過今晚了！」

在古代，對於這種身體內部器官受傷的情況，幾乎所有大夫都會認為是不治之症，沒有人膽敢破腹修補的。原因主要是過不了麻醉關、感染關和止血關。

漢安帝臉色瞬間變得慘白，而旁邊的皇后就慘叫一聲，直接昏倒了。這位太醫令的醫術，是公認最高明的，所以，他說沒救就是最終定論。

「皇后，皇后！」漢安帝抱住皇后，喊着。

一時間大亂，幾名宮女太監把皇后抬到旁邊一張臥塌上，兩名太醫趕緊上前救治。

混亂中，萬卡走到小太子牀邊。只見小太子緊閉雙眼，一張小臉灰灰黑黑的。他呼吸急促，人已經休

克過去了。

　　萬卡拿起小太子的手，細心診脈。然後又撩起小太子的衣服看了看，然後說：「小太子還有救！」

　　「真的？！」

　　「什麼？！」

　　驚喜的聲音和質疑的聲音同時響起。

　　漢安帝一把抓住萬卡的手，驚喜交加：「真的嗎？我皇兒有救？！」

　　萬卡點點頭。

漢安帝仰天大叫：「天不亡我也！」

但其他太醫卻很不友善地盯着萬卡。太醫令滿臉不屑地問道：「這位公子，你是什麼人？」

「他就是治好了疫症病人的神仙公子！」漢安帝說。

「原來治好隔離營病患的人就是他！」

「好年輕啊！」

「那或者真的可以治好小太子呢！」

太醫們議論紛紛。

原先去隔離營的是御醫局的大夫，這些太醫院太醫全都沒見萬卡，只是聽聞有位神仙公子很厲害，把瘟疫病人治癒了。見到萬卡這樣年輕，都很是詫異。原先，他們都以為是位七老八十的老中醫呢！

「這位公子能獻出治瘟疫的良方，實乃我國百姓之幸！」太醫令摸摸鬍子，又說，「但是，這種看不見的內臟受傷，歷來是不治之症，不知公子有什麼妙法？」

萬卡自信地說：「動手術，剖腹，找到破損的臟器，進行縫合。」

「剖腹？！」在場的人除了小嵐和曉晴曉星之外，全都驚叫起來，一個個的嘴巴張得可以塞進一隻

鴨蛋。

太醫令用顫抖的手指指着萬卡説：「你你你你你……」

「你」了好久，才説出話來：「你哪是什麼神仙公子，魔鬼公子才對！剖腹？人被剖開肚子，還能活嗎？！」

曉星是萬卡哥哥的「死忠粉」，見到自己的偶像被質疑，很生氣，大聲説：「怎麼就不能活了，開刀動手術是很簡單的事。還説是太醫呢，連這些都不知道！」

「你你你你……」太醫令見到一個比萬卡更小的孩子來反駁自己，氣得鬍子一翹一翹的。

漢安帝聽到要替自己兒子剖開肚子治傷，也嚇得目瞪口呆，內心十分抗拒。但又想，這位是神仙公子啊，連疫病也可以治癒，自己得相信他。也許他真的可以救小太子呢！不過，用刀子割開肚子，那也太可怕了吧！

漢安帝看着躺在牀上一動不動的兒子，心亂如麻。他問萬卡：「神仙公子，你説的那個什麼……手術，成功的可能有多大？」

萬卡想了想，實事求是地回答：「不好説。」

任何手術都有風險，更何況是在沒有正規的手術室，沒有正式的手術用具，也沒有相應藥物的古代。萬卡願意做，也算是藝高人膽大了。

　　漢安帝心如刀割。連神仙公子都沒把握，可憐的皇兒，難道父皇真的要失去你了嗎？你可是朕江山的繼承人啊！

　　漢安帝除了皇后之外，後宮還有許多妃嬪，前前後後生了十多個兒女，但因為古代醫學落後，幼兒死亡率高，只活下來一個兒子和五個女兒。沒想到，現在唯一有繼承權的兒子又遭厄運，危在旦夕。

　　漢安帝心中悲痛，不禁淚如雨下。

　　「陛下，陛下，皇兒怎麼了？難道……」這時皇后醒來了，見到漢安帝流眼淚，不禁大驚。她跟蹌着朝小太子牀邊撲去，用手探探兒子的鼻息，發現還有呼吸，這才放了點心。

　　「皇兒，怎樣才能救你呢？母后好心痛啊！」皇后抓着小太子的手，哀哀痛哭。

　　漢安帝看了看萬卡，對皇后說：「這位就是治癒了千多名瘟疫病人的神仙公子。神仙公子說，他可以試試動手術，醫治皇兒。」

　　皇后迷惘地看着萬卡，問：「動手術？」

萬卡説：「小太子的情況，應是內臟破裂，做手術就是把破損的臟器修補縫合，這樣才能救小太子的命。」

太醫令哽咽着喊道：「皇后娘娘，萬萬不能啊！動手術要剖開肚子，這樣人還能活嗎？小太子現在這樣離去，還可以保留完整的身體，如果做手術，身體就會殘缺不全，小太子也死不瞑目啊！」

皇后看着漢安帝，哀傷地説：「陛下，怎麼辦？」

漢安帝咬咬牙：「橫豎都是死，為什麼不搏一下呢！做手術吧！」

皇后悲傷的眼神漸漸變得堅定起來：「好。就這樣定了！」

她望向萬卡，説：「公子，哀家把小太子交給你了，請務必救他一命。他⋯⋯他還這麼小，太可憐了！」

皇后説完，淚如泉湧。

萬卡朝皇后作了一揖，説道：「請放心，我會盡全力救治小太子的。」

萬卡對漢安帝説：「可否借些醫具一用？」

漢安帝指指一名太醫：「把你的出診箱給神仙公

子。」

那個太醫看了看太醫令，猶猶豫豫地把自己背着的箱子，交給萬卡。

萬卡打開箱子，說：「我現在要把小太子救醒，以確定受傷的位置。」

他打開出診箱，從裏面取出金針，仔細消毒之後，刺入小太子身上穴位。

過了一會兒，小太子呻吟了幾聲，醒了。只是人一清醒過來，就馬上感覺到腹部劇烈的疼痛，他大喊一聲，蜷曲着身子慘叫起來。

「皇兒，皇兒！」漢安帝兩夫婦心痛得叫喊着衝向牀邊。

萬卡對漢安帝夫婦說：「請你們冷靜，讓開一點我好作診斷。」

漢安帝流着淚，把皇后拉離了小太子身邊。

萬卡讓小太子把身體躺平，只是小太子因為太痛，還是不斷地扭動身體，不肯讓萬卡檢查。小嵐走上前，說：「小太子是個勇敢的孩子，對不對？」

誰不想承認自己是個勇敢的孩子啊！小太子的哭聲頓了頓，他看了小嵐一眼，見到是個又可親又漂亮的小姐姐，便哽咽着「嗯」了一聲。

「我就知道！那咱們暫時忍一忍，讓大夫哥哥檢查一下身體，好不好？大夫哥哥要給你治病呢，他很厲害的，他一定能把小太子治好。」小嵐說着，上前溫柔地拉着小太子的手，「勇敢的孩子不怕痛，要是忍不住了，你就使勁抓我的手。」

小太子嘗試回握小姐姐的手，發覺很溫暖很柔軟，他使勁抓住，覺得好像不那麼痛了。

萬卡趕快用手去按小太子腹部，一邊說：「小太子，我現在要查清楚你什麼地方受傷，我按壓你的腹部，你把最痛的地方告訴我。這裏痛不痛？」

「痛，好痛！」

「這裏呢？」

「痛，痛死了！」

「這裏呢？」

「啊⋯⋯好痛好痛好痛！！」小太子尖叫起來。

當萬卡摸到小太子左上腹部時，小太子痛得整個人發抖，尖叫道：「不要按，不要按，痛⋯⋯」

從痛的部位和疼痛情況來判斷，萬卡確診為脾破裂！

脾是腹部內臟中最容易受損傷的器官，發生率幾乎佔各種腹部損傷的百分之二十到四十。脾臟的

血運豐富，脾臟破裂總是伴隨着大出血，死亡率是極高的。

小太子四肢發冷、腹部微脹，看樣子已經出現內出血，必須馬上手術修補或者切除。但是，要先解決內出血問題，因為現時沒有輸血設備，小太子多流一些血生命就多一分危險！

「皇兒，皇兒！」漢安帝夫婦見到小太子痛苦的樣子，都快瘋了。

萬卡沒理會他們，只是默默地看着小太子，心裏想着治療方案。

第十一章

小嵐成了止痛藥

首先要做的是替小太子止血。萬卡突然想起，自己之前上山採藥治流感時，摘了一些中草藥——三七，三七粉就是很好的止血藥。當時是因為怕小嵐傷口再出血，特地採了回去曬乾，磨成粉備用。結果小嵐傷口癒合情況良好，所以沒用上，現在正好用在小太子身上。

萬卡請呂太監拿些溫開水來，把三七粉調成藥湯，然後對小太子說：「這是止血的藥，有一點點苦，但喝下以後受傷的地方就不會出血了。」

小太子這時痛得滿頭冷汗，只是為了讓自己像個勇敢的孩子，才咬緊牙關沒再喊痛，見到萬卡要餵他喝藥，便嚷道：「我要小姐姐餵！」

萬卡忙把碗交到小嵐手裏，說：「好，你來餵小太子，我去準備手術要用的東西。」

萬卡開始做手術準備。因為之前替小嵐做過一次手術，所以他已經有了經驗，知道怎樣就地取材找代

用品。呂太監在萬卡指點下找來刀具、鑷子等器械，又叫人抬來一隻鐵鍋，準備燒開水消毒，然後找來一件乾淨的白色長袍、兩塊分別充當口罩和頭巾的面巾。

萬卡又開出四個中藥方子，第一個方子是預防在手術中出現休克的，由人參、熟附子、乾薑、肉桂、甘草等藥物組成的人參四逆湯；第二個方子是用曼陀羅、香白芷、川芎等配製了的內服麻醉劑；第三和第四個方子分別用作抗菌消炎和止痛。

太醫令已經拂袖而去，說不想看萬卡胡鬧，幾個太醫留了下來，明面上說是替太醫令守着，不讓萬卡做出太匪夷所思的行為，但實際上，也想看看這位神仙公子是否真的可以創造奇跡。

但萬卡卻不給他們這個機會，因為不想留那麼多閒雜人等在手術室裏，增加污染的機會。他只留下了小嵐，其他人統統要離開小太子寢室，連皇帝夫婦都不許留下。

人們離開後，萬卡把小太子抱到一張消過毒的小牀上，吩咐小嵐給小太子服下抗休克的人參四逆湯。

等了一會兒，見到小太子昏昏睡去，萬卡摸摸他身上溫度，又把把脈，然後讓小嵐把麻醉湯藥給小太

子灌了進去。

做好一切準備後，萬卡對小嵐說：「小嵐，你也出去吧！」

小嵐愣了愣：「不，我留下來幫你。」

萬卡搖搖頭說：「你能幫的已經幫完了，留下來也沒用。聽話，出去吧！ 」

「哦。」小嵐快快不樂地答應了。

她很明白這場手術不好做。這跟之前萬卡給自己做的拔箭手術不同，這可是開腹大手術啊！如果出現感染，最嚴重的後果是病人在手術中死亡。她本來很想留下，哪怕是給萬卡分擔一點壓力也好。

小嵐不知道，其實萬卡不讓她留下還有另外的原因。

萬卡把小嵐送到門口，拉開門讓她出去，然後把門關上了。

萬卡開始給自己消毒，並且穿上乾淨的白袍，用面巾蒙上口鼻，還有包住頭髮。他堅決不讓小嵐留下，不僅是因為怕增加細菌感染的可能，最重要的是怕手術中小太子不幸死亡，那時被安上一個「庸醫殺人」的罪名，任你什麼神仙公子神仙弟子也難逃一死。所以，他一定不能讓小嵐冒這風險。

經測試確認小太子已經被麻醉，萬卡把經過高溫消毒的刀具、鑷子、剪刀等東西從鍋裏拿了出來，放在消過毒的盤子上，全神貫注地開始手術。

這時，被趕離太子寢室的人都沒有離開，全都站在門口，心急如焚地等待着。

皇后一直都沒停過掉眼淚，一雙好看的眼睛都腫了，她一直無力地靠着皇帝站着。漢安帝嘴裏不住地安慰她，但其實他臉上的擔心、焦慮不下於皇后。

小嵐和曉晴曉星三人站成一列，眼睛都定定地盯着寢室大門，都想第一時間見到萬卡打開門走出來。他們擔心萬卡，都知道萬卡這場手術是冒着很大風險。他們也擔心小太子，這小孩子其實挺可愛的，如果小小年紀就沒了，那就太可憐了。

時間在焦慮中過去，半小時，一小時……

「皇兒怎麼了，手術怎麼還沒完！我要進去看看皇兒！」皇后突然尖叫起來，失控地朝寢室大門奔去，使勁拍打着，「開門，開門哪！我要進去！」

漢安帝拉不住皇后，心內焦急，竟也跟她一起敲着門：「神仙公子，把門開開，我們要進去！」

裏面沒有回應。手術中的醫生，眼裏只有病人，只有病人的安危，所以，即使天塌下來，也不會理

眯的。

皇帝兩夫婦見裏面沒回應，更急了。皇后哭着說：「不開門，他不開門！難道是皇兒出事了？皇兒啊，你不可以有事啊！」

漢安帝也慌了，他大力拍門：「神仙公子，你快開門，再不開我叫人來砸門了！」

見裏面的人沒反應，他一咬牙，喊道：「來人啦！」

一直在門外戒備的一隊衛士立即跑了進來。

小嵐剛想走過去勸阻，卻聽到大門伊呀一聲打開了，顯得有點疲倦的萬卡走了出來。他一邊解開頭上的面巾，一邊說：「手術做完了，很成功。」

「啊，謝天謝地！」

門外的人異口同聲喊了起來。

「皇兒！皇兒！」皇后拉着漢安帝的手就想進去看小太子。

「慢着！」萬卡攔住他們，「手術後更要防止細菌感染，如果感染了，手術成功也沒有用，照樣有生命危險。所以，要接近病人，要先套上乾淨衣服，要洗手，否則只能遠遠地看。」

「好，好，來人哪，伺候更衣、洗手！」漢安帝

喊道。

　　一羣宮人擁着皇帝皇后去旁邊的房間更衣洗漱了，其他人就直接從太監手裏接過袍子往身上套，又在他們捧來的、裝有消毒中草藥水的盆子裏洗了手。

　　做好準備後，一羣人就跟着萬卡走回小太子寢室。牀上的小太子安靜地睡着，呼吸很平穩。幾名太醫細細觀察小太子的臉色，心裏驚喜交加，才知道原來世界上真有剖開肚子做手術這種治病方法的。

　　「萬卡哥哥，你好棒！」曉星拉着萬卡的手，朝他豎起大拇指。

　　曉晴眼裏冒着小星星：「萬卡哥哥，你這是自古以來的第一台開腹手術吧！比我們那個時空的華佗和扁鵲還厲害呢！」

　　小嵐鬆了口氣，猶有餘悸地説：「剛才皇帝和皇后在門口鬧，沒有影響到你做手術吧？過程順利嗎？」

　　「沒有影響到，我這點定力還是有的。」萬卡笑着説，「幸虧準備工作做得好。剖開時肚子裏面真的很多血呢！幸好小太子之前喝了有止血作用的三七粉，後來流得不多。脾臟損傷不算很嚴重，我已作了修補，不用切除。」

小嵐臉上露出欣喜：「這對小太子來說真是個好消息啊！一個人如果沒了脾，可能會導致免疫力下降，身體健康會大受影響的。」

曉星也不管那些太醫在，得意地說：「這回肯定把那太醫令氣死！剛才他對萬卡哥哥很不友好啊！」

萬卡笑着說：「這也很難怪他。因為這年代還沒有過這樣的剖腹手術，他難以接受也情有可原。」

這時候，漢安帝和皇后換了衣服匆匆回來了。他們走到小太子牀邊，看着沉睡中的兒子，激動得又流下了眼淚。

皇后擦了擦眼淚，問萬卡：「神仙公子，麻醉藥還沒過嗎？太子為什麼還不醒？」

萬卡說：「麻醉藥應該過了。不過我剛剛灌了他一些助睡眠的藥，讓他好好休息，這樣有助他傷口恢復。」

「謝謝公子。」皇后想了想又憂心忡忡地說，「麻醉藥過了以後，傷口會痛嗎？有沒有一些止痛的藥？」

萬卡耐心地回答着：「有的，抗菌消炎和止痛的藥，我已經開了方子給呂公公，讓他預先準備了，等會就給太子服用。」

漢安帝感激地説：「謝謝神仙公子想得那麼周到。這回你救了我皇兒一命，叫朕怎麼感激你好呢！」

萬卡笑道：「有了你們的信任，我才有機會給太子動手術。如果要感謝的話，感謝你們自己好了。」

萬卡説的是真心話。在這古老的年代，能有這樣的膽魄去接受聞所未聞的開腹手術，實在是需要很大的勇氣的。

漢安帝有點不好意思地説：「其實我也有過猶豫的，因為活生生的被剖開肚子，實在是太駭人聽聞了。後來想到你連瘟疫都能治好，我還有什麼可猶豫的呢！所以我決定信你。反正這回你又立大功了，之前的兩個大功，治瘟疫、獻馬鈴薯，現在又加上救了太子，這樣的大功德，讓朕怎麼賞你才好呢！」

萬卡擺手説：「不用獎賞。能夠幫到陛下，幫到貴國百姓，我很開心。」

漢安帝十分感動，他忍不住又朝萬卡作了一揖：「神仙公子醫術精湛、行為高尚，真乃國之大醫也！」

曉星在一旁看着漢安帝，好像有什麼話要説。漢安帝笑問道：「曉星小公子，可是想朕賞你些什

麼？」

曉星兩眼發光，點頭點頭再點頭：「嗯嗯嗯！」

漢安帝說：「儘管說給朕聽，朕賞給你。」

曉星摸摸肚子，說：「我餓了。」

漢安帝愣了愣，繼而不好意思地說：「哎呀，一直擔心太子的事，把晚飯都忘了。來人哪，送四位客人回荷芳苑吃飯！」

曉星得意地豎起兩隻手指：「耶！」

漢安帝和皇后要守着小太子，叫人送了他倆的飯菜來太子寢室吃。萬卡等四個人在荷芳苑吃完飯後，也擔心小太子，所以又趕緊回到東宮。剛進太子寢室，就聽到皇后驚喜的聲音：「醒了，皇兒醒了！」

大家急忙走到牀前。只見小太子睜開了那雙又圓又大、但有點迷惘的眼睛，呆呆地看着面前的人。

「皇兒，你覺得怎麼樣？肚子痛不痛？」皇后問着，一臉的慈愛和擔心。

小太子好像還有點糊塗，眼珠動了動，小聲問道：「我這是怎麼啦，好像睡了很久。」

漢安帝見到小太子狀態不錯，心裏很激動：「皇兒，你不記得嗎？你被馬踩傷了，是神仙公子替你做了手術，把你救了。」

小太子似乎記起來了，他小聲哼哼幾聲，撒嬌說：「我痛，肚子痛。」

　　皇后一聽，急得朝萬卡叫了起來：「不是已經喝了止痛的湯藥了嗎？怎麼還會痛？」

　　萬卡有點無奈地說：「不可能一點都不痛的，畢竟是經過一場手術。」

　　漢安帝心疼兒子，問道：「很難受嗎？」

　　「嗯。」小太子苦着臉說。

　　拿什麼幫助你，皇兒！威嚴的皇帝和端莊的皇后急得全沒了儀態，一個撓頭一個抓耳，不知怎麼辦才好。

　　「我要小嵐姐姐！」小太子伸手指着站在稍後面的小嵐。

　　「啊？」小嵐有點不明所以。

　　小太子見小嵐還不走過來，委屈地說：「你剛才不是説，如果忍不住痛，就抓緊你的手嗎？」

　　「噢！」小嵐這才想起來，心想我怎麼成止痛藥了！

　　好吧，就給你抓好了。

　　小嵐走了過去，朝小太子伸手。小太子握着，咧開嘴笑了：「肚子痛得不那麼厲害了。」

皇后和漢安帝這才鬆了一口氣。

皇后急忙叫人搬來一張凳子，擺在小太子牀前，讓小嵐坐下，又對小嵐說：「小妹妹，太子跟你有緣，就請你多費心，陪陪我皇兒吧！」

小嵐扁扁嘴，心想這回穿越時空，穿成保姆了。

第十二章

本太子肚子又痛了

穿越來到異時空的大漢國，不知不覺已經度過了大半個月。萬卡是在忙碌中度過的，因為漢安帝每天都要找他商量流感疫情，還有馬鈴薯栽種問題。

小嵐也很忙，因為她被小太子賴上了。每天大清早，小屁孩就坐着木製的輪椅，讓小太監推着來到小嵐他們住的荷芳苑，在大門口大喊「小嵐姐姐，本太子肚子又痛了！」肚子痛似乎已經成為他賴着小嵐的最好藉口了。

鬼才信呢！肚子痛還能喊得那麼氣壯山河？！

這些日子，簡直是小嵐的惡夢。小屁孩以「肚子痛」為依仗，每天要小嵐陪着，把手給他拉着。小嵐只好用講西遊記故事給他聽，把被抓得快要抽筋的手拯救出來。可是沒想到，又是另一個惡夢的開始。

小太子被那隻會七十二變的猴子迷得七葷八素的，每天像催命鬼似的追着小嵐，恨不得小嵐一天二十九小時給他講西遊記故事。只要小嵐一停下來，

他就按着肚子大聲嚷嚷叫痛。

「小嵐姐姐，我肚子痛！」小屁孩在門外不屈不撓地喊着。

「騙誰！肚子痛說話中氣這麼足？」曉星氣不過，跑出來跟小太子理論。

小太子哪會把這比自己大不了多少的傢伙放在眼裏，他哼了一聲：「廢話！我是肚子痛，又不是嗓子痛！」

「你你你……」曉星哪受得了別人這樣懟他，很生氣，「我就是不讓小嵐姐姐給你講，怎麼樣！」

「你憑什麼不讓小嵐姐姐給我講故事？」小太子脖子朝前伸着，氣沖沖的，像隻想打架的鵝。

「因為小嵐姐姐是我的，我不讓她給你講！」曉星也伸長脖子，怒氣沖沖的，像隻不怕打架的鵝。

「不害羞，小嵐姐姐是我的！」

「不要臉，小嵐姐姐是我的！」

「我的！」

「我的！」

兩隻鵝，噢，不，兩個小屁孩就這樣你啄我一下我啄你一下，火花四濺，戰況激烈。

推着輪椅來的小太監見到曉星跟太子殿下對罵，

嚇得臉如土色。這小子吃熊心豹子膽了，太子殿下是你能罵的嗎！

「你……」小太監正想上前斥責曉星，卻被小太子一瞪眼制止了。

小太子吵得正興奮呢！因為他在大漢國是一人之下，千萬人之上，從來沒有人敢跟他吵架，沒想到吵架是一件這麼有趣的事！你來我往，你一句我一句，針鋒相對、唇槍舌劍，簡直是太痛快了！

「吵死了！」小嵐大清早被小太子吵醒，已經很不高興了，沒想到曉星又來湊熱鬧，便氣呼呼地跑出來，想把這兩小屁孩臭罵一頓。

「小嵐姐姐你來了！」小太子一見到小嵐，高興極了，「都是曉星這傢伙不好，一大早就惹我生氣。」

小嵐生氣地說：「你也不好，一大早擾人清夢！」

「嗚嗚嗚，小嵐姐姐怎麼可以說我不好！你不喜歡我了？小嵐姐姐你別不喜歡我！」小太子擠了半顆眼淚出來，然後又用手捂住肚子，「小嵐姐姐，人家已經很慘了，人家肚子被修理過，人家肚子又痛，你怎麼可以這樣對我。嗚嗚嗚……」

「哎呀，別哭啦，怕了你了！」小嵐就是心軟，想到小太子身體剛受了那麼大的創傷，就再也不忍心說他了。

「那你給我講故事好不好？」小太子即時不嗚嗚了，眼睛亮亮地看着小嵐。

「今天咱們不講故事，今天去看萬卡哥哥種馬鈴薯，好不好？」小嵐說故事說到嗓子痛，所以想轉移小太子的興趣。

昨晚聽萬卡哥哥說，種馬鈴薯的地已經平整好了，而用來做種子的馬鈴薯也已經發了芽，可以種了。今天漢安帝會親自去地裏主持種植，萬卡哥哥也會一起去。

「種馬鈴薯？！好啊好啊，我喜歡看種馬鈴薯。」小太子顯得很雀躍。

小太子是個很好奇很好動的兒童。

馬鈴薯試種的地方就在皇宮裏。因為漢安帝想看着馬鈴薯的生長過程，而他又沒可能常常外出，所以就把一塊本來種花的地用來試種馬鈴薯了。

小嵐和曉晴曉星，還有由小太監推着的小太子，很快去到了馬鈴薯地。種植還沒開始，一班人正按萬卡的指點，把馬鈴薯切成幾塊，每塊上面保證都有兩

到三個小嫩芽。

漢安帝見到小太子，馬上眉開眼笑地走過來：「皇兒，怎麼來了。今天肚子沒痛吧？」

小太子拉着小嵐的手，笑嘻嘻地說：「有小嵐姐姐在，我肚子不痛。」

漢安帝寵溺地摸摸小太子的頭，又對小嵐說：「小嵐姑娘，謝謝你了。」

小嵐有點無奈，只好笑笑說：「不用謝，太子的肚子不痛就好。」

這時萬卡也過來了，他笑着看着小嵐，正想跟她說什麼，但小太子已經搶着說話了：「神仙哥哥，我來看你種馬鈴薯呢！」

他又好奇地指着那些切成一塊塊的馬鈴薯，說：「這樣就可以種了嗎？」

萬卡點頭說：「是呀！」

小太子又問：「那什麼時候能有馬鈴薯吃呢？」

小太子說着嚥了一下口水。之前漢安帝煮了一個給他吃，他喜歡得不得了，嚷嚷着還想吃。只是漢安帝說要留着作種子，沒再給他。但他從此就惦記上了，心心念念等以後有收成了，一定要吃個痛快。

萬卡告訴他說：「三個月左右吧！」

小太子拍手道：「好啊！三個月後，我們就大吃特吃，水煮馬鈴薯、紅燒馬鈴薯、烤馬鈴薯、燉馬鈴薯、煎薯餅、炸薯片……」

之前曉星跟他說過馬鈴薯的多種吃法，現在小太子逐一數着，口水都流出來了。

「哼，還說我饞呢！這裏還有一個更饞的。」曉星拉着小嵐的手，說。

小嵐哼了哼，說：「大哥別說二哥，兩個都差不多！」

「公子，已按你吩咐，把馬鈴薯切開了，請問種植可以開始了嗎？」大司農走過來問萬卡。

「可以了。」萬卡檢查了一下切開的薯塊，點了點頭。

大司農走到漢安帝面前，拜了一拜，說：「請陛下主持播種儀式。」

漢安帝點了點頭，走到早已準備好的香案前面，接過大司農手裏點着的一束香。他雙手持香，朝天上拜了三拜，說：「感謝上蒼，賜朕神物。望上蒼保佑馬鈴薯能獲得大豐收，救萬千百姓於飢餓之中。」

漢安帝拜完，把香插在香爐裏。接着，有太監把漢安帝扶着走進了地裏，漢安帝親手種下了第一塊馬

鈴薯種苗。跟着，大司農帶着眾官員，也都各自親手把種苗種下。之後，僱來的農夫們便開始走進地裏，種植馬鈴薯了。

小嵐及曉晴曉星，也都跑進了地裏。親手種植食作物，他們還是第一次呢，覺得好新鮮好有趣。

萬卡在一旁教他們：「先將種苗放在土壤裏，記得每塊種苗之間距離約二十五厘米，放好後用少量的薄土覆蓋⋯⋯」

小太子在田邊見了，急得抓耳搔腮：「我也要種馬鈴薯！」

曉星得意洋洋地說：「算了吧，坐着輪椅還想來湊熱鬧！」

小太子嚷得更大聲了：「不，快來幫我，我也要種馬鈴薯。」

曉星走過去，把一塊種苗放到小太子手裏，讓他抓一抓，又拿回來，然後蹲下把薯苗種上：「好了，這馬鈴薯就當是你種的啦！」

小太子怒氣沖沖：「氣死我啦，我只抓了一下，怎能算是我種的呢！」

小太子說着就從輪椅上站了起來，想往地裏跳，嚇得一眾宮女太監趕緊按住他。

「我要去種馬鈴薯！我要去種馬鈴薯！」小太子撒起潑來。

「皇兒，別淘氣，你傷口還沒好，不能多動的。等幾個月後，馬鈴薯能收成了，讓你來收馬鈴薯。哇，好大的馬鈴薯，那更好玩呢！」漢安帝哄兒子。

「我就是要種，要種要種要種……」小太子哪是那麼好糊弄的，他使勁地跺腳、扭腰。

漢安帝苦着臉看着熊孩子在那裏撒賴，一臉的無奈。

小嵐看不過眼：「太子，要乖！」

小太子眼珠子轉了轉，笑嘻嘻地說：「小嵐姐姐，如果我乖的話，你能帶我去燒烤嗎？」

之前小嵐組織了一次野外燒烤，小屁孩喜歡得不行。自己動手做吃的，又是這樣的美味，這是一向飯來張口的小太子從沒有過的新體驗，簡直太好玩有趣了。

之後小屁孩又多次央求小嵐再去燒烤，但小嵐都拒絕了。沒想到小屁孩這時趁機提要求。小嵐當然……不理他了。

小嵐剛要搖頭，卻見到漢安帝一臉懇切地悄悄給自己作揖，求她答應太子的要求。好吧，皇帝的臉不

能不給，暫時答應好了，至於去不去得成，再說吧！

「耶，耶，耶！」小太子聽到小嵐答應，高興得振臂高呼。

「耶，耶，耶！」漢安帝莫名其妙地重複了一下，心想，皇兒在說什麼呀？

第十三章

那隻纏人的小太子

事實告訴我們，小屁孩是不可以哄騙的，何況是一隻太子小屁孩。所以，第二天，燒烤之行只能如期進行了。

浩浩蕩蕩一行百多人，有乘車的，有走路的，直往皇宮最東面的桃林而去。

啊？哪來的一百多人啊！數手指無非就那麼幾個人——主要人物小屁孩小太子，陪同人員小嵐、曉晴、曉星。一二三四，就四個人嘛，一隻手都數不完！另外一百多個是些什麼人？

太監宮女？！要那麼多太監宮女幹嗎呀？不多不多。除了有人抬着燒烤爐及各種醃製好的肉類、蔬菜之外，還有：捧痰盂的（小太子要吐痰怎麼辦）、抬馬桶的（小太子要上廁所）、拎衣服的（小太子衣服髒了隨時得換呀）、拿傘的（得提防樹上的鳥兒拉便便到小太子頭上）⋯⋯哎呀，其實人還不夠用呢！

還有那大隊侍衛跟來幹什麼？嘿，當然是負責殺

氣騰騰、手握刀劍，隨時準備擊退想謀害小太子的刺客了！

這就是陪小太子出遊的麻煩之處了。所以小嵐之前帶小太子去了一次燒烤就怕怕了。試想想，老是有一百多雙眼睛在後面盯着你，怎能吃得高興、玩得開心。

不過話又說回來，也不能怪小屁孩，這其實是皇恩浩蕩、父愛如山，一切都是漢安帝安排的。誰叫小太子是漢安帝唯一的孩子，將來大好江山就靠他繼承了，絕不能有什麼三長兩短的！

當下小嵐幾個就在百多雙眼睛的虎視眈眈下，燒着烤着吃着，挺別扭的，一點都不好玩。突然，聽到一聲婉囀的鳥叫，小嵐心裏一喜。

萬卡哥哥來了！剛才他被漢安帝召去商量事情，萬卡臨走時說，等會兒以鳥叫聲為號，小嵐到時去桃林深處找他。

小嵐當下聽到那一聲與眾不同的、特別動聽的鳥鳴，馬上騰地站了起來。她朝曉晴曉星打了個眼色，然後離開了。小太子正全神貫注盯着一隻正在烤得冒油的雞翅，沒發現小嵐的離開。

小嵐朝桃林深處走去。三月的桃花開得正燦爛，

滿樹桃花，滿地花瓣，清香撲鼻。不遠處萬卡站在一樹桃花下面，長身獨立、朗目星眸，正含笑看着慢慢走來的女孩。

一陣微風吹來，桃花紛紛揚揚落下，其中有幾朵，落到了小嵐的頭上。萬卡情不自禁地喃喃說道：「美，真美！」

小嵐走到萬卡面前停下，含笑看着他。萬卡朝小嵐伸出手，小嵐拉住，抓着萬卡的手往上一抬，身體靈巧地轉了一圈，飛旋的裙子捲起滿地花瓣。她然後和萬卡並肩而立，欣賞如天上雲霞般的桃花。

「真好看！」小嵐抬頭看着桃花。

「沒有你好看！」萬卡低頭看着小嵐。

「萬卡哥哥！」小嵐臉紅了，兩頰跟漫山遍野的桃花一樣顏色，把萬卡都看呆了。

「盯着我幹什麼？」小嵐不好意思地一跺腳。

「因為你好看啊！」萬卡笑着說。

「討厭！」小嵐捶了萬卡一下。

萬卡一把抓住她的小爪子，笑着說：「好啦好啦，難得有機會二人世界，咱們靜靜地散散步，聊聊天。」

萬卡說得沒錯，在隔離營時，身邊總是很多人；

來到皇宮，又多了一隻纏人的小屁孩太子，他們倆連說句悄悄話的機會都沒有。

　　一想起那隻磨人但又很可愛的小屁孩，小嵐就又好氣又好笑。明明是萬卡救了他，但他自手術後醒來後就開始纏小嵐，恨不得一天二十四小時跟着她。

　　小嵐舒了口氣，總算擺脫小屁孩了。一會兒也好。

　　萬卡伸手，從桃樹上折下一枝開得很燦爛的桃花，遞給小嵐：「送給你。」

「謝謝！」小嵐開心地接過桃花。嗅了一下，滿鼻清香。

兩人手牽手走在花海中，衣袂飄起，花瓣紛揚，猶如一對花中走出的神仙。美人，美景，令人沉醉。

突然，就那麼大煞風景的響起一把聲音：「小嵐姐姐，你在哪兒？小嵐姐姐，我肚子又疼了！」

熊孩子來啦！

萬卡和小嵐愣愣地看着那坐着輪椅走近的小屁孩太子，目瞪口呆。

「小嵐姐姐，送給你！」小太子手拿着一枝桃花，遞給小嵐。見到小嵐手裏已拿着一枝，他順手拿了過來，往地上一扔，然後把自己那枝塞到小嵐手裏。

萬卡的臉立即黑了。小屁孩，那是我送小嵐的花啊！

小太子卻渾然不覺，笑嘻嘻地朝萬卡喊了一聲：「神仙哥哥。我送給小嵐姐姐的花漂亮不？」

萬卡心裏在吼：「漂亮個鬼！」

但理智又讓他不可以跟一個熊孩子生氣，只好哼了一聲，心裏在喊：「不識時務的小鬼，快走快走快走！」

偏偏小屁孩自我感覺良好啊，他變戲法似地又拿

出一隻燒好的雞翅，塞到萬卡手裏：「神仙哥哥，這是我親手烤給你吃的。神仙哥哥，我是不是很乖啊！你是不是很感動呀！」

追着小屁孩而來的曉晴和曉星，在後面看得直翻白眼。這熊孩子，打擾人家萬卡小嵐拍拖還不算，竟然還撒嬌賣乖的充好孩子。

真想把他掛在桃樹上曬成小人乾！

萬卡嫌棄地看了看那隻烤糊了的雞翅，然後遞給了站在小太子身邊的侍衛。小屁孩也不介意，只顧拉着小嵐的手吱吱喳喳地説話。

萬卡意興闌珊地揚了揚手：「回去吧！」

一眾人等看了看小太子，見他沒表示反對，便收拾東西，準備離開了。

本來，小太子自己有一輛專用的車輦，但他看到萬卡和小嵐一起上了另一輛車輦之後，又去湊熱鬧了。

「我要跟小嵐姐姐和神仙哥哥坐！」小太子邊嚷嚷着邊爬了上去，還一點不客氣地坐在了小嵐和萬卡的中間，然後在座位上一顛一顛地玩。

「喂喂喂，你是得了小兒多動症嗎！」小嵐打了他一下。

「嘻嘻，嘻嘻。」熊孩子不以為恥反以為榮，倒

像得了小兒多動症是多光榮的事，繼續得意地顛、顛、顛，就像小屁屁裝上了彈簧似的。

小嵐和萬卡看得眼累心也累，乾脆各自扭頭看車外風景去了，眼不見為乾淨。

車子經過一幢不大的宮殿，這宮殿前不靠村後不靠店的，孤零零地建在皇宮最邊上。宮殿蓋得挺漂亮的，門口上方有個長方形的木牌，上面寫着「祥雲宮」。小嵐覺得有點奇怪，因為看上去也不像是給侍衛宮人住的，為什麼蓋在這麼僻靜的地方呢？

「咦！」小嵐的眼睛瞬間睜大，因為，她看見有個像猴子一樣的東西，在宮殿頂上蠕動着，不禁驚問，「那是什麼？」

正在顛小屁屁的小太子好像被按了暫停掣一樣，突然就坐定定，不動了。緊接着他伸手把小嵐的眼睛一摀：「小嵐姐姐，你別、別看，那是瘋子，會咬人的瘋子！」

「瘋子？還是會咬人的！」小嵐嚇了一跳。

「嗯嗯，好可怕哦！」小太子一臉驚恐。

小嵐很想問個明白，但見到小太子害怕的樣子，便不好再刺激他。

第十四章

大醫令和太醫令

第二天早上，小嵐和萬卡，還有曉晴曉星在他們住的荷芳苑吃早餐。早餐種類挺豐富的，有不同口味的肉串，有燒餅、蒸餅、饅頭等麵點，還有桃子、梨子、橘子、棗子等新鮮水果，林林種種擺滿食桌。

「啊嗚啊嗚……」吃貨曉星大口大口地啃着一個汁多肉厚的桃子，邊吃又忍不住要說話，「啊嗚啊嗚，看來這大漢國跟我們時空的漢代，有很多相同的地方。記得我們上次穿越去到西漢，也有這些水果和麵點。要是有個西瓜就好了，西瓜解渴。」

「如果這大漢國跟我們那個時空的漢朝類似，那現在可能還沒有西瓜呢！」小嵐剝了一瓣橘子放進嘴裏，咀嚼了一會兒，又說，「我看過一本書，說第一次記載有西瓜收成的，是在五千年前的古埃及。而西瓜進入中國，有說是公元四、五世紀，也有說是在公元十世紀。」

曉晴剛吃完一個名叫饅頭但實際上有餡的麵點，

又拿起一個橘子在剝，這時插嘴說：「據我所知，好像現代很多水果都是從外國引進的。」

萬卡點點頭說：「是不少。比如蘋果是從西歐傳到日本，再經過改良傳入中國的。火龍果來自拉丁美洲，車厘子是歐洲的，芒果原產地是印度和東南亞一帶，藍莓出自北美……但這些水果的傳入，應該都是以後的事了。」

「哇，還是做現代人幸福啊，有那麼多好吃的！嘿，突然間詩興大發，讓我作詩一句吧！」曉星說着搖頭晃腦地唸道，「日啖荔枝三百顆，不辭長作現代人。」

曉晴撇撇嘴說：「嘁，是你作的嗎？不害羞，把人家蘇軾的詩句改改就說是自己的。」

曉星滿不在乎地說：「咱這是古詩新編，你管得着！」

兩姐弟又開始拌嘴時，有宮中小太監來傳旨，請他們四位去皇帝和大臣議事的大殿，說有重要事情。

剛好早餐吃完了，於是他們上了小太監趕來的一輛馬車。

曉晴拿着小鏡子照來照去，說：「不知道皇帝哥哥叫我們去，有什麼重要事情。」

小嵐動動身子，讓自己在車子裏坐得更舒服點，然後說：「跟我們有關係的重要事情，就只有疫症和馬鈴薯。馬鈴薯還沒到收穫的時候，應該就是疫症了。」

　　萬卡點頭贊同：「我想是好事，疫情應該受到控制了。」

　　「嘩，太好了！那我們在這再玩十來天，就回家好了。沒有電腦沒有手機，上不了網玩不了遊戲，實在太悶了。」曉星說着說着，突然想起了什麼，「咦，我們這次是在睡夢中莫名其妙來到這裏的，沒有時空器，我們怎麼回家？」

　　大家都愣了，是呀，時空器在烏莎努爾呢？無法用它回家。

　　小嵐聳聳肩：「別擔心。既然是莫名其妙地來，就有可能莫名其妙地回去。上次穿越去唐朝，不就是從樹上掉下來就回了現代嗎？」

　　「嗯嗯嗯，不擔心不擔心。我們有無所不能的萬卡哥哥，有天下事難不倒的小嵐，我們肯定可以回到現代的。」曉晴向來神經大條，她才不想費腦筋去擔心那麼多呢！想太多容易生出皺紋的哦。

　　「我也不擔心。即使留下來也不怕，大不了我們

129

像其他穿越者一樣，去開發新大陸，建立新國家。那時萬卡哥哥仍然做皇帝，小嵐姐姐仍然做公主。我嘛，就做首相好了。姐姐做外交大臣。哇，那時我們利用掌握的現代科技，讓世界提早幾千年進入資訊科技新時代，那我們就成了開創歷史、推動歷史的偉大先驅了！耶！」曉星興致勃勃地說着，想了想又說，「不過，得先把那小屁孩太子解決掉，太討厭了。」

想起小太子總和他作對，總是霸佔着小嵐，曉星就一肚子的氣。

曉晴好奇地看着弟弟，說：「怎麼解決？」

曉星說：「做一艘載人飛船，把他放到太空裏。」

曉晴哼哼兩聲：「等你做出載人飛船的時候，小太子已經兒孫滿堂了。」

萬卡聽得哈哈大笑，小嵐就直翻白眼。

正說着，車子停了下來，原來已經到了皇帝議事的大殿前面。

只見議事大殿內人人笑逐顏開，好像有什麼大喜事降臨似的。

漢安帝一見萬卡四人，便滿臉春風地說：「四位小卿家來了。來人啦，快給四位小卿家設座。」

四名小太監趕緊搬來四張凳子，放在御階下面，

眾大臣之前。

漢安帝對萬卡喜氣洋洋地説：「有兩件喜事。第一是神仙公子的抗疫藥方已經起了作用，治好了萬千百姓，疫情也控制住了。朕謝謝你了！」

萬卡微笑點頭，説：「恭喜陛下！陛下不用客氣。」

漢安帝又對站在大臣裏的御醫丞説：「愛卿，這次是你親自帶隊前往疫區，你給大家説説情況。」

御醫丞出列，朝漢安帝作了一揖，説道：「陛下，我們按陳丞相的指示，把御醫局派遣的大夫，以及民間大夫自願者，分成十八路人馬，帶着藥方分赴疫區。當時各疫區疫情已十分嚴重，患者跟健康人數是八比二。染病的八成人當中已有一成人死亡，所有人都掙扎在死亡邊緣，境況令人慘不忍睹。二成人僥倖還沒受到感染，但都是危在旦夕，自覺難逃一劫，彷徨等死。我們的救疫隊員，一到各地就馬上按神仙公子所開處方，購置藥材，第二天便開始熬兩種湯藥，用來治病和防疫。服藥第一天之後，患者明顯好轉，而健康人也沒有再被傳染上。到臣動身回來時，患者十之八九已經痊癒，也再沒有新增個案了。」

御醫丞越説越激動，他朝萬卡深深地作了一揖，

說：「自古以來，每當疫症發生，我們大夫都束手無策，只能眼睜睜地看着病人死去，內心那種痛苦和煎熬難以言說。感謝公子送來仙方，幫助我們治病救人，讓千千萬萬瀕死的病人得以生還，也使我們終有一天擊退瘟疫的夢想得到實現。在下謹代表所有大夫，感謝神仙公子大恩大德！」

議事大殿上幾十名大臣，一齊向萬卡深深作揖：「謝神仙公子大恩大德！」

萬卡急忙起立回禮。

漢安帝笑容滿臉，又說：「第二件喜事就是馬鈴薯長勢喜人，相信必定大豐收。解決全國缺糧的問題已經指日可待。」

議事大殿上幾十名大臣，又一齊向萬卡深深作揖：「謝神仙公子獻贈馬鈴薯，免除老百姓飢餓之苦！」

漢安帝站了起來，說：「神仙公子功勞浩大，大漢歷史上必留下濃墨重彩的一筆。朕有一個不情之請，希望神仙公子留下來幫朕培訓大夫，傳授醫術，提高我國醫療水平。不知神仙公子肯否？」

小嵐和曉晴曉星望向萬卡。萬卡低頭想了想，反正也不知道什麼時候才能回現代，趁這段時間教會古代人一些現代醫術，讓這年代的一些疑難雜症得到有

效治療，也是一件大好事呢！

「好的，我們可以留下一段時間。」萬卡對漢安帝說。

「那太好了！」漢安帝撫掌大笑。他又對站在一旁的呂太監說，「給朕頒旨！」

「是，陛下！」呂太監向漢安帝作了個揖，然後拿出一卷明黃色的聖旨，展開宣讀。

顯然漢安帝早有準備。

呂太監唸道：「奉天承運，皇帝召曰：今有世外神仙萬卡公子，自仙鄉來到敝國救苦救難，先是救太子於垂危之中，保朕社稷後繼有人。又獻仙方將疫症撲滅，救活幾百萬人性命，仁心仁術、功在千秋。還有獻馬鈴薯祥瑞，解決我國饑荒問題，造福百姓。為表彰其巨大功勞，特封萬卡為太醫院大醫令。」

曉星小聲嘀咕着：「大醫令？只聽過太醫令，沒聽過什麼大醫令的。這是什麼官呀？究竟大醫令大還是太醫令大？」

呂太監接着說：「小嵐姑娘秀外慧中、為人善良，照顧太子功不可沒，特封為太子少傅；曉晴曉星兩小卿家，封太子洗馬……」

「太子洗馬？替太子洗馬？！憑什麼讓我去替小

屁孩幹這個呀？」曉星簡直氣壞了，嘟嘟噥噥的發泄不滿。

旁邊的小嵐忍不住翻白眼。沒文化，真可怕！

曉晴在一旁偷笑。她知道什麼是太子洗馬，因為之前上網查資料，無意中看了一篇名為「歷史上最搞笑的官名」，裏面有提到這太子洗馬。太子洗馬不是給太子洗馬的，而是輔佐太子、教太子學習政事的文官。但她就是不告訴曉星，讓這小屁孩生氣去。

一直到散朝，漢安帝都嘴角上翹，笑得合不攏嘴。上天對自己太好了，派了神仙公子等一班神仙弟子來到自己身邊，撲滅了疫症，又獻了馬鈴薯，等到在全國推廣種植之時，就可永遠解決饑荒問題了！

本來還擔心神仙弟子不肯留下來呢，沒想到這麼順利，全留下來了。現在該是請神仙公子幫助解決一個最令自己頭痛的問題了。

那件事，那個人，真是一個尷尬的存在，弄得漢安帝都快發瘋了。

怎麼開口呢？好丟臉啊！本來家醜是不想外揚的，但是漢安帝又想孤注一擲，希望神仙公子能創造奇跡。漢安帝想了一晚上，決定第二天請萬卡四人吃晚飯，席間向萬卡探探口風，看他有沒有辦法幫忙。

第十五章

皇帝也八卦

第二天不是上朝日，漢安帝讓人拿了些奏章回來，在寢宮裏批閱。突然聽到砰砰砰砰的腳步聲，有人急急往自己這裏跑來。

漢安帝抬頭一看，見是神色慌張的呂太監。呂太監跑到漢安帝身邊，説道：「陛下，不好了，太醫令跟大醫令吵起來了！」

「什麼太醫令、大醫令的？」漢安帝瞪着呂太監。

呂太監嚇得一哆嗦，説：「是程老太醫令跟神仙公子大醫令吵起來了。」

漢安帝這才想起自己昨天封了萬卡做大醫令。其實按官制是沒有大醫令這官職的，只是漢安帝想給萬卡在太醫院裏安排個職位，好讓他以後名正言順地替皇親國戚治病。不過又不好撤了現時的太醫令，讓給萬卡做，只好生造出了一個大醫令出來，封給萬卡。但究竟是太醫令大，還是大醫令大，他也沒想清楚，

只想含混過去。因為他估計萬卡也不喜歡去太醫院做什麼領導，神仙弟子嘛，一向是天馬行空，獨往獨來，喜歡超然一點。封他為大醫令，其實就只是讓他掛個名而已。

沒想到，這才第二天，神仙公子就跟老太醫令槓上了。漢安帝驚問道：「因為什麼事？」

呂太監苦着臉說：「我也不太清楚。據說是小王爺受傷送去太醫院醫治，神仙公子認為太醫令處理不當，吵起來了。」

「唔。朕去看看。」漢安帝突然來了興趣，他也想知道在醫術方面，究竟是神仙公子厲害一點，還是老太醫令厲害一點。皇帝也八卦啊！

不過，既然神仙公子能治好小太子，看樣子應該是神仙公子厲害一點了。

「皇帝起駕囉！」呂太監喊了一聲，漢安帝坐着八人抬的龍輦，直往太醫院而去。

太醫院離皇帝住的地方不遠，這是因為怕皇帝身體突然出現什麼毛病，太醫們好第一時間趕到。

萬卡和老太醫令之間竟發生了什麼事呢？

原來，上午萬卡見沒什麼事，便跟小嵐等四個人一起在皇宮裏閒逛起來。皇宮雖然沒有北京故宮那

麼富麗堂皇，佔地那麼大，但也古色古香，值得欣賞一番。

　　只見一座座宮殿巍然聳立，陽光閃耀下，宮殿頂上金黃的琉璃瓦閃出令人炫目的光芒。大殿四周古樹森森，紅牆黃瓦，給人一種厚重的歷史感。

　　走着走着，突然見到前面一座外觀樸實的建築，大門上方掛着一塊牌匾，仔細一看，發現上面題着三個龍飛鳳舞的三個大字——太醫院。

　　「咦，萬卡哥哥，你的太醫院啊！」曉星喊了起來。

　　萬卡有點好笑：「什麼我的太醫院？是我的嗎？」

　　曉星使勁點頭：「你是大醫令嘛，大醫令是太醫院的長官，所以說太醫院是你的也沒錯。」

　　萬卡有點哭笑不得：「這漢安帝也真胡鬧，弄出個大醫令來。」

　　曉晴也來湊熱鬧：「咦，那咱們一塊去巡視一下萬卡哥哥的領地好不好？」

　　萬卡看了看小嵐，小嵐笑着說：「好啊，我還沒看過古代的醫院呢，去瞧瞧也好，長點見識。」

　　萬卡本來沒想過去太醫院的。之前因為醫治小太

子的事，那位老太醫令已經惱羞成怒，之後每見了他都沒給好臉色。現在皇帝竟然封了他一個太醫院的官職，那位老太醫令不恨死自己才怪呢！自己並不是怕他，只是怕老太醫令見到自己，血壓上升氣病了，那就不好了。

當下四人走進太醫院。太醫院是專門為皇室服務的，作為皇室中人，當然不會紆尊降貴，親自來這裏找大夫看病了，所以都是太醫們在太醫院呆着，隨時等候皇室人員派人來召喚，然後上門診症。

不過也有來求診的，那是個別急症，等不及叫大夫上門，自己就把病人送來了。

就像萬卡他們在太醫院的治療室見到的這個病人，十二三歲，聽說是長公主的兒子，早幾天因為爬樹玩，從樹上掉了下來。下落時大腿被粗樹枝掛了一下，扯掉了一塊肉。可能當時沒有處理好，現在已經感染化膿，發出腥臭的氣味。

替病人處理傷口的正是老太醫令，他身邊圍了一圈年青大夫，在觀摩學習。因為人很多，所以萬卡他們幾個人湊了上去，也沒有人發現。

老太醫令不愧是杏林高手，只見他熟練地清洗病人的傷口，然後用一把小刀小心地剜掉已經腐爛的肌

肉和膿血，最後敷上去腐生肌的藥膏，又用乾淨紗布把傷口重新包紮。

動作輕柔、嫻熟，處理一絲不苟，萬卡見了，心裏也不禁為老太醫令叫個「好」字。

老太醫令處理好病人傷口，又下了醫囑，然後叫長公主府的人把病人抬回家了。擔架剛出門口，又來了病人。一名身材高大的侍衞模樣的男子抱着個八九歲的孩子，後面跟着一名年約二十多歲的青年，從外面匆匆跑進來。青年喊着：「太醫令！太醫令！快看看我兒子的傷！」

「裕王爺，快把小王爺放到牀上！」太醫令指揮着。

原來這年青男人是漢安帝的弟弟裕王爺。

小王爺右手小臂受傷了，被什麼尖利的東西剖了一條長長的口子，鮮血淋漓，小王爺在大聲叫痛。

太醫令皺着眉頭，問道：「怎麼傷得這樣厲害？」

裕王爺憂心忡忡地道：「在花園裏捉迷藏，被假山的石頭割傷的。老太醫，他的手不會廢了吧？」

「放心好了，不會有事的。傷口是深了點，但我能治好。」太醫令邊說，邊拿起剛剛替長公主的兒子

處理過傷口的刀，去剔掉小王爺傷口的碎石泥土。

「住手！」突然有人一聲斷喝，把老太醫嚇得抖了抖，拿着刀子的手停在半空。

發出聲音的人是萬卡。

太醫令氣得鬍子一翹一翹的。之前在醫治小太子的時候，他跟萬卡兩人意見相左，最後萬卡動手術救活了小太子，老太醫已覺得很丟臉。後來漢安帝把萬卡封為大醫令，他就更加惱火了，還不知道之後太醫院裏誰説了算呢！但既是漢安帝的旨意，他也無可奈何。沒想到，萬卡竟然來挑戰自己權威了。

當下太醫令怒目圓睜，瞪着萬卡説：「你好大膽，竟敢阻攔我救治小王爺。」

那位裕王爺惡狠狠地盯了萬卡一眼，吩咐身後那名侍衞：「把這人趕出去！」

侍衞伸手去抓萬卡，萬卡身體靈活地一閃，閃開了。他對太醫令説：「你這刀不能用！」

「胡説！這刀子跟了我幾十年，救人無數，為什麼不能用？」太醫令大聲説。

「你用這刀剛剛處理過傷口感染的病人，所以要消毒才能再用。」萬卡皺着眉頭説。

「什麼時候輪到你這黃毛小子教訓我了？我做大

夫的時候你還沒學會走路呢，你懂得多還是我懂得多？我活這麼久，還沒聽過什麼感染，什麼細菌！」太醫令對裕王爺說，「王爺，別讓他在這裏搗亂，耽誤了小王爺的傷，我可不負責！」

裕王爺對侍衞喝道：「你是個死人嗎？連個書生都搞不定。快給我動手，格殺勿論！」

侍衞聽了，哐的一聲把刀抽了出來，二話不說朝萬卡砍去。

「啊！」在旁的小嵐和曉晴曉星嚇得驚叫起來。

萬卡一點也沒害怕，他鎮靜地往旁邊一閃，避過大刀，同時伸手朝侍衞手上輕輕一點，那牛高馬大的侍衞竟然手一軟，大刀噹一聲跌落地上。

「萬卡哥哥威武！」曉星興奮得忘了形，拚命鼓起掌來。

哼，竟想在關公門前耍大刀！我們萬卡哥哥可是練過武功的呢！

除了小嵐和曉晴曉星，其他人全都驚駭地看着萬卡，沒想到一個外表儒雅的文弱公子這麼厲害。

其實剛才萬卡只是小試牛刀。他是學醫的，又會些功夫，他剛才只不過是在侍衞穴位上點了一下，令侍衞的手發麻發軟罷了。

裕王爺惱火地對侍衛說：「真沒用！快去叫外面的人進來，我就不信搞不定這小子！」

剛才裕王爺從王府帶了一整隊的侍衛過來，只是讓他們等在太醫院門口，沒讓他們進來。

十多名王府侍衛如狼似虎地跑進來了，裕王爺喊道：「保護小王爺，保護太醫令！」

王府侍衛瞬間組成人牆，把萬卡四人和小王爺等人隔開。

萬卡朝小王爺的方向看了看，歎了口氣，心想，小王爺，我救不了你了，你自求多福吧！

為免小嵐三個孩子被誤傷，萬卡只好帶着他們離開了太醫院。

裕王爺擔心兒子，也沒管萬卡他們，救小王爺要緊。他催促太醫令：「老太醫，本王信你。趕快給我兒子治傷吧！」

太醫令哼了一聲，拿起刀，繼續給小王爺治傷。

萬卡他們半路上碰到了漢安帝。漢安帝問道：「神仙公子，你們剛從太醫院出來嗎？」

萬卡點了點頭說：「是呀。」

漢安帝說：「聽說你跟太醫令吵起來了？為了什麼事？」

萬卡無奈地說：「太醫令用沒消毒的刀子替小王爺治傷，這樣會造成感染的。我想制止也制止不了，裕王爺把我們趕出來了。」

漢安帝說：「原來是這樣。好吧，我去勸勸。」

漢安帝叫太監們起轎，急急地朝太醫院而去。

萬卡搖搖頭，以太醫令的冥頑不靈，也不知道漢安帝能不能說服他。但願小王爺吉人天相，平安無事吧！

第十六章

皇帝一頓飯有多少個菜

晚上，萬卡四人如約到芳香閣吃晚飯，芳香閣是皇帝平日吃飯的地方。自從來到皇宮後，他們還是第一次來這裏吃飯。

從他們住的地方到芳香閣並不遠，走路也大約十分鐘的時間，所以萬卡謝絕了漢安帝派來接他們的轎子，四個人一路步行向芳香閣走去。

「聽說古代的皇帝每頓飯都有很多個菜，不知道今天漢安帝請客，會讓人燒多少菜呢！」曉星這個吃貨提到吃就分外開心，說着還嚥了一下口水。

萬卡說：「中國歷史上吃飯最奢侈的要數清朝的慈禧太后，她雖然不是皇帝，但派頭比哪個皇帝都大，每餐都是一百多道山珍海味，而且要用一百多種材料做成。因為太多了，根本吃不過來，這些菜大部分只是擺着觀看，所以被人稱為『目食』。聽說御膳房的廚師為了省事，找人用木頭雕了一些魚呀、雞呀這些東西，擺得遠遠的，反正慈禧太后不會挾到。」

「哇，一百多個菜，那餐桌該有多大啊！如果等會兒漢安帝請客也有一百多個菜，那怎麼辦才好呢？我好想每道菜都嚐嚐，但就是一個菜吃一小口，也吃不下那麼多啊！」曉星不禁發起愁來。

小嵐拍拍曉星的腦袋，說：「也不是每個當皇帝的都這麼腐敗的，據說明太祖朱元璋吃得比普通老百姓都要節省，早飯只有豆腐青菜呢！」

萬卡點點頭說：「這點我也從書上看到過。這是因為朱元璋是農民出身，小時候也很窮，所以當了皇帝之後也沒有忘本，還是過着節儉的生活。」

曉晴眨眨眼睛：「啊，那漢安帝會不會拿豆腐青菜來招待我們？」

萬卡笑着說：「我相信不會。這漢安帝看上去不是那麼節儉的人。」

四個人說着說着，很快就到了芳香閣。有太監站在門口，見到四人前來，便喊道：「客人到！」

「歡迎歡迎！」漢安帝聽到後馬上迎了出來，滿臉笑容迎接客人。

按道理，身為皇帝是決不會出來迎接客人的，只是這漢安帝本身不拘小節，加上又有事要求萬卡，所以才放下身段，走出來迎客。

漢安帝把四人迎進芳香閣，早就候在裏面的呂太監讓小太監引着四人落座。

芳香閣布置得很儒雅，四壁掛了很多名人字畫，牆壁上淡淡的燭燈，給人一種温暖、柔和的感覺。皇帝坐在大廳正中的主人位，他面前擺着一張長形案桌，相信那就是他每天吃飯的桌子。

四位客人坐在大廳一側，每人面前一張長形案桌，大小跟現代的茶几差不多。

古代就是這樣不好，沒有像現代那種舒適的椅子，人都是跪着坐，膝下頂多墊着一張布墊，不習慣的人坐不了多久就會腰痠腿痛。

大家都坐好以後，呂太監拍拍手，喊了一聲「傳膳！」

不一會兒，一支由十幾個太監組成的隊伍，每人手捧着一個畫着金色花朵的漆盒，走進大殿。殿內小太監迎上去接過，把漆盒揭開，把裏面的菜拿出來放到桌上。看來漢安帝也不算太奢華，一頓飯的菜也只是十幾個。

給皇帝送菜的隊伍離開大殿，又來了一支隊伍，這支隊伍是給客人上菜的，也是每人十幾個。這漢安帝很善待客人啊，自己吃的跟客人一樣呢！

「起筷，起筷！」漢安帝首先拿筷子。

萬卡四人也不跟他客氣，拿起筷子，就大快朵頤。古代的菜餚別有風味，雖然沒有現代那樣多調味料，但更給人新鮮、原汁原味的感覺。

漢安帝好像沒什麼胃口，只是慢條斯理地吃着，大多時間都是給客人介紹菜式、問客人飯菜合不合口味、叫客人多吃點。直到客人吃飽放下筷子，他也只是淺嘗了面前的幾道菜。

見到皇帝和客人都放下了筷子，呂太監讓人上來撤下碗筷、上了清茶。

品過清茶，漢安帝看了萬卡一眼，有點欲言又止。他又拿起杯子喝了一口茶，才下決心開了口：「神仙公子，朕有件事想請你幫忙。」

萬卡回答說：「陛下請講。在下一定全力以赴。」

漢安帝猶豫了一下，好像不知從何說起，想了想說：「朕有個親人患了怪病，想請你醫治。」

萬卡見到漢安帝神情凝重的樣子，不知究竟是什麼病，讓他這樣難於啟齒：「請問貴親患了什麼病？」

漢安帝想了想，說：「不如請幾位跟朕走一趟，

親眼看看病人情況。」

中醫看病是要望、聞、問、切的，所以一定要見到病人才能診症，所以萬卡點了點頭：「沒問題。」

小嵐有點納悶，究竟皇帝有什麼親人得了怪病，這樣神神秘秘的。她突然想起了那天路過祥雲宮時，小太子說的話。莫非，漢安帝想找萬卡醫治的那位親人，就是小太子口中的那個會咬人的瘋子？

在芳香閣門口，已經停了兩輛輦車，一輪是龍輦，那是漢安帝坐的，另一輛是普通的輦車，那是給萬卡四人坐的。大家都上了車後，車子便開動了。

小嵐看了看車子行駛方向，知道自己猜對了——正是往祥雲宮方向而去的。她跟萬卡說：「記得那天燒烤後跟小太子一塊坐車回宮，路上小太子說的話嗎？」

萬卡點點頭：「記得，他說那座宮殿裏住了一個瘋子。我想漢安帝說的，應該就是那個人。」

原來萬卡哥哥早已想到了。

曉晴眼睛睜得大大的，問：「萬卡哥哥，精神病好治嗎？」

萬卡回答說：「精神疾病分類有很多種，患病程度也不同。所以，能不能治好現在言之過早，得看到

病人情況才能判定。不過，讓病人病情緩解一點，是可以做到的。」

小嵐想了想說：「看皇帝欲言又止的樣子，看來還有其他內情。」

萬卡點點頭：「我也覺得是。」

曉星眨眨眼睛：「莫非……病得很嚴重，會打人、殺人，或者月圓夜會對天發出狼嚎，會吸人血那種？」

曉晴拍了他腦袋一下：「你以為是古堡裏的吸血鬼呀！」

曉星不滿地看姐姐一眼，又突然想起了什麼。一拍大腿：「好題材啊！當曉星遇上吸血鬼，哇，那是一個多麼精彩刺激、引人入勝的故事啊！」

曉星自從在天宙國過了一把作家癮後，一直躍躍欲試想再顯身手。不過一直只是雷聲大雨點小，咋呼了不知多少次，但始終沒見他有新書出版。

「你們別打擾我，我開始構思了。」曉星仰面四十五度角，右手前伸，吟道，「啊，風，捲起古老紗簾，塵土飄散。啊，光，照不亮他的臉，髮梢散亂。有一刻，嗜血的獠牙幾乎猙獰，高貴卻將它撫平……」

曉晴有點愕然：「真是你想出來的？」

「啪！」這一回是小嵐打曉星了，她睥睨着那小屁孩，説：「信他才怪！這段文字我在網上看過。」

曉星縮了縮脖子，嘻皮笑臉地説：「這麼偏的東西你都看過？！想騙你一下都不行！」

曉晴圓睜大眼：「臭孩子，連姐也敢耍！找打！」

「救命！」嚇曉星趕緊躲到萬卡後面。

幸好這時車外響起呂太監的聲音：「幾位公子小姐，到地方了，請下車！」

曉星如獲大赦，趕緊掀開車簾，跳下了車。

第十七章

吸血鬼啊

　　一行人在一道高闊的宮牆前面站住了。果然就是之前小太子說的，住着瘋子的那座宮殿。

　　大家正打量着，宮殿的大門緩緩地打開了，發出一陣「伊伊呀呀」的刺耳的聲音。好嚇人，自己會開的宮殿大門。正在詫異，才發現門是由兩名穿着侍衞服裝的人從裏面拉開的。

　　很靜，靜得像一座死城。入眼的是一個兩旁種着樹的廣場，廣場盡處，是一座深紅色的大殿。大殿綠瓦飛檐，在銀白色的月光下，顯得格外詭異和神秘。突然「啞啞」兩下不知什麼怪鳥的叫聲，給這寂靜增添了一種恐怖的感覺。

　　萬卡當然不會害怕，他只是用一種探索的目光打量眼前的一切，小嵐心裏撲通了幾下，但向來膽大的她也很快就平靜下來。只是曉晴曉星兩姐弟，就有點被嚇到的樣子，聯想到這是瘋子的住所，更覺得身體發涼、頭皮發麻。

漢安帝及一眾隨從，應該不是第一次來這裏，雖然他們都仍有點惴惴不安，但並沒有露出太明顯的慌張。

一名頭領模樣的人朝漢安帝行禮，喊道：「吾皇萬歲萬萬歲！」

「平身！」漢安帝做了個手勢，對那頭領說，「朱將軍，這兩天情況怎樣？」

漢安帝沒有說是誰的情況，但朱將軍顯然知道他問什麼。

朱將軍說：「回稟陛下，跟以前一樣，不許我們走近，總是坐着發呆，我們一不留情，他就爬樹，爬屋頂。偶然也跟我們說幾句話，但說的話奇奇怪怪的，我們都聽不明白。」

「唉！」漢安帝歎口氣，說，「沒變嚴重就好。我帶了大夫來看他。」

朱將軍頭前引路，帶着漢安帝等人走進了大門。

廣場兩旁的樹又高又密，在月色映照下，投在地上的樹影，很像一個個張牙舞爪的魔鬼，很是嚇人。

一行幾十人，默不作聲地，朝着那座大殿走去。

「陛下！」突然背後一聲高叫，把所有人都嚇了一大跳。

漢安帝惱火地轉身，發現是守衛皇宮的侍衛隊長匆匆走來。

　　「什麼事？」漢安帝皺着眉頭問道。

　　侍衛隊長朝漢安帝行了個禮，然後說：「裕王爺來了，他求見陛下，說有十萬火急的事，請陛下出手相助。」

　　「十萬火急的事？他有說什麼事嗎？」漢安帝皺了皺眉頭，問道。

　　「裕王爺沒說。不過他臉色很不好，又滿頭大汗的，看樣子是出了大事。」侍衛隊長回答。

　　漢安帝擔心自己弟弟不知出了什麼事，便說：「叫他進來吧！」

　　剛說完好像覺得不妥，揮揮手說：「算了，別讓他進來，還是我出去吧！」

　　他扭頭看看萬卡：「不好意思，我出去一下，很快回來。」。

　　萬卡笑笑說：「陛下請自便。我們在這裏坐一會，等您回來。」

　　漢安帝點點頭，轉身向大門口走去。萬卡看了看大樹下有些石凳，便帶着三個小朋友，走過去坐了下來。

今夜是月圓之夜，一輪明月越升越高，在薄薄的雲層中慢慢穿過，給大地蒙上了一層慘淡的輕紗。那閃爍着的星星，給人一種詭秘的感覺。

　　「啞、啞！」這時，不知名的鳥又叫了起來。

　　曉星嚇得抓住萬卡的手，他東張西望的，總覺得這詭異的地方隨時會跑出一羣怪獸，或者魔鬼。

　　突然，他看到了一些什麼，天哪，真是怕什麼來什麼，那不是⋯⋯

　　「鬼，月圓之夜出來的吸血鬼！」曉星聲音顫抖

着，用手一指。

大家隨着他的手指方向看去，只見高高的宮殿頂上，站着一個身穿黑色長袍的人，他披頭散髮的，雙手舉向月亮，發出一聲嚎叫：「啊……」

「啊！」曉晴嚇得渾身打顫。

小嵐雖然膽子大，但也被那聲慘嚎嚇了一大跳，不由得一手抓住萬卡的袖子。

萬卡摟着小嵐的肩膀，説：「有我呢，別怕！」

這時，屋頂上的「鬼」顯然聽到了聲音，他轉過臉，望了過來。月光下，一張慘白的臉暴露在人們眼前。

那是一張他們非常熟悉的臉，他分明是——漢、安、帝！

萬卡幾個人彷彿被雷劈了一下，被電顫了一下，全都張目結舌的。怎麼會？漢安帝怎麼爬到屋頂上了？怎會變成這樣？！

「漢安帝」這時也看到了萬卡幾人，他身影一閃，就不見了。

「他他他他……」曉星指着「漢安帝」消失的地方，結結巴巴地説不出完整的話來。

小嵐摸摸撲撲亂跳的胸脯，説：「莫非是人格分

裂？」

　　人格分裂是指同一個人身上交替表現出兩種及以上不同的人格類型，屬於一種精神病症狀。

　　「我覺得那人不是漢安帝！漢安帝剛剛才從前門走了出去，怎會那麼快就爬上了屋頂呢？」萬卡分析説，「雖然身材樣貌都很像，但顯然不是同一個人。」

　　「但世界上怎麼會有長得一模一樣的人呢！」曉星説。

　　「怎麼沒有？孖生子就長得一樣。」曉晴駁斥説。

　　萬卡靈機一動，説：「莫非……漢安帝所説的瘋子，是他的孖生兄弟？」

　　這時聽到腳步聲，侍衞隊長從大門外跑了進來，對萬卡説：「神仙公子，陛下請你馬上去太醫院，裕王爺的小王子快要不行了，陛下請你回去救命。」

　　「啊！」萬卡愣了愣，難道漢安帝還是沒能阻止老太醫，用受了污染的手術刀替小王子治傷？

　　「好，快走！」救人如救火，萬卡急忙朝大門走去。

　　走到大門口，不見漢安帝在，連他乘坐的輦也不

見了，侍衞隊長說：「陛下擔心小王爺，跟裕王爺先去看小王爺了。」

載萬卡四人來的車輦還在，他們上了車，由侍衞隊長親自駕車，急急地往太醫院駛去。

呂太監早已站在大門口，一見到萬卡，趕緊迎上去，說：「神仙公子，陛下讓我在這裏等你。請跟我來。」

萬卡點點頭，跟着呂太監，走進了太醫院裏的一間診室。

漢安帝和之前見過的裕王爺都在，裕王爺雙眼通紅、臉色蒼白，一副焦慮不安的樣子。漢安帝也雙眉緊皺，臉色很不好看。

沒看到太醫令，只有之前見過的一名太醫在。他拿着一張處方，說：「這是『清瘟敗毒湯』，煎了給小王爺服下。如果半個時辰內能退熱的話，小王爺也許能救回來，如果不能，就⋯⋯」

太醫看了漢安帝一眼，沒再說下去。

裕王爺情緒激動地大聲問：「就什麼？就會沒命是嗎？你們太醫院都是飯桶嗎？就這樣草菅人命的嗎？那個太醫令老頭是這樣，你也這樣！一羣廢物！」

太醫嚇得不敢吱聲。他一抬頭，見到萬卡，驚喜地說：「神仙公子來了！神仙公子，請你務必救活小王爺。」

裕王爺見到萬卡，眼睛一亮，他激動地走上去：「神仙公子，請原諒我早前的魯莽。你快來看看我兒子，看還有沒有救。」

萬卡點點頭，走到病牀前。

那個小王爺靜靜地躺在牀上，已經昏迷了。萬卡摸了摸他的頭，熱得燙手，用手搭在脈門上把了一回脈，又看了舌苔，然後拉起小王爺的袖子，只見小臂又紅又腫，簡直觸目驚心。

「細菌感染化膿性敗血症。」萬卡歎了口氣，他之前擔心的事終於發生了。

「敗血症？」漢安帝有點不明。

「敗血症是指病菌侵入血循環，並在血中生長繁殖，產生毒素而發生的急性全身性感染。那天，我就反對用沒消毒的手術刀替小王爺治傷。」萬卡歎息着說。

裕王爺又是後悔又是惱火：「那天我怎麼就不信你呢，庸醫害人啊！現在怎麼辦？我兒子有救嗎？他的手能保住嗎？」

「需要徹底清除原發病灶，杜絕病原菌的來源。然後使用有效抗生素，儘快消滅血液中所有細菌。只要感染被有效控制，病情便會好轉。」萬卡回答說。

　　「如果感染沒有被有效控制呢？」裕王爺很擔心。

　　萬卡看了他一眼，說：「為了避免感染擴散，危及生命，就只有一個辦法了。」

　　「什麼辦法？」

　　「截肢。」

　　「啊！」裕王爺臉色煞白，「神仙公子，千萬救救我兒子！」

　　萬卡說：「我會盡力。」

　　這是一個沒有抗生素的年代，所以萬卡只能說盡力，不敢打包票。

　　「我需要以下藥物和工具，給小王爺做清創引流，還有消炎殺菌。」萬卡把這年代有的東西，列了一張單子，交給太醫。

　　「好，我馬上叫人備齊。」太醫看了看單子，轉身走了出去。

　　東西很快送來了。太醫留了下來，他很佩服萬卡，決心向他學習。

萬卡開始給小王爺做清創引流，處理傷口。之後，又一連幾天不眠不休地照顧小王爺，密切注意他傷口的感染情況。幸運的是，經過用藥和治療，感染被控制住了，小王爺身上的紅腫漸漸消退，傷口也在慢慢癒合。

　　漢安帝、裕王爺，還有太醫院的一班大夫，全被萬卡的醫術所折服，那位太醫令也不得不低下了高傲的頭。

　　其實萬卡並沒有怪太醫令。在這兩千多年前的古代，對一些現代醫學觀念不認同、不理解，這是難免的。他只是希望太醫令經過這次教訓，明白消毒防感染的重要性。

第十八章

皇帝的哥哥

　　小王爺好轉了，漢安帝才鬆了一口氣，他又想起了請萬卡治病的事。第二天早朝後，漢安帝特地去了一趟荷芳苑，希望萬卡再跟自己去一趟祥雲宮，去看看那個患了怪病的親人。

　　萬卡和小嵐他們幾個交換了一下目光，然後對漢安帝說：「陛下，其實那天，我已經見過你那位親人。」

　　漢安帝嚇了一跳，接着臉色很不好看，十分尷尬的樣子：「你……你見到他了？」

　　萬卡點頭說：「是，我猜他是陛下的孿生兄弟，對嗎？」

　　漢安帝臉色變了變，歎了口氣，說：「你說得不錯，他的確是我的孿生兄弟，我是弟，他是兄。說起來，他挺不幸的。我們父皇結婚十多年，一直沒有孩子，所有人都以為父皇百年之後，只能把皇位交給我二叔。沒想到我母妃懷了孕，而且生了雙胞胎。

我父皇高興極了，馬上給剛出生的我們封王，哥哥是平安王，我是樂安王。不幸的是，我們兩兄弟的出生令到某些人的願望破滅，因此，他們鋌而走險，安排幾名刺客闖進皇宮，迷昏了我們母親，把我們兩兄弟偷走了。幸得被禁衛軍發現，把我從刺客手中奪回。但我哥哥就很不幸，被其他刺客帶出宮外，從此沒了蹤影。直到一個月前，發生了這樣一件事，有朝廷大臣在京城郊外的一座山上，發現了一名蓬頭垢面、衣衫破爛、痴痴呆呆的的男人，大臣見了大為震驚，因為這男人竟然跟朕長得一模一樣。大臣知道事情不簡單，便悄悄把這男人帶來皇宮。當年孖生皇子中的哥哥被擄走的事，除了朕聽父皇說過，就只有皇室少數幾名長輩知道。我一見這人，就知道他就是二十多年前失蹤的哥哥平安王，年齡的符合、長相的酷似，都是無法作假的。」

「哦──」四個聽眾突然一齊「哦」了一聲，又彼此交換眼色，神情微妙。

為什麼漢安帝要把人放在祥雲宮，冠以瘋子的名目，將人隔離開來？因為，按照皇位傳給長子的慣例，這位哥哥，才應該是當今聖上，真正名正言順的皇帝啊！

古來皇家為了爭位，血雨腥風，刀光劍影，鬥得你死我活。漢安帝沒有把這哥哥「咔嚓」掉，只是軟禁起來，已經算是有良心的了。

漢安帝見到面前四個人都一副「全明白了」的神情，趕緊解釋說：「你們別誤會啊！我不是怕哥哥搶回皇位，故意把他說成瘋子軟禁起來的。他現在的確是瘋瘋癲癲的，說的話、做的事都令人費解。還常常不顧體面地爬樹爬房子，在房頂上尖叫怪叫。還有，他不知道自己是誰，不記得過去所有事。我希望用親情打動他，接近他，但他不為所動，不理不睬，好像一點也不想認我這個弟弟。唉，真不知道這二十多年他經歷了些什麼。我也找太醫令診治過，太醫令診斷他得了離魂症，打算替他針灸治療，沒想到他根本不讓太醫令接近，每次都大叫大喊，十分激動，把他逼急了，還試過打人、咬人。太醫令說怕他再受刺激，只好暫時不作治療了，等他慢慢適應這裏，慢慢恢復記憶。他到底是我皇兄，是更有資格當皇帝的人，如果不是二十多年前被擄走，今天當皇帝的就是他了。因此，我很想維護他尊嚴，不讓任何人見到他現在瘋癲的樣子，把他送到這裏，不讓任何人接近，只是派人好好照顧着，等他痊癒的那一天。但因為派往祥雲

宮的人嘴巴不夠密，導致宮中有了流言蜚語，說這裏關了個咬人的瘋子……」

小嵐想起那天小太子說的話，原來他的恐慌是這樣來的。

跟漢安帝相處一段日子，大家都知道他是一位好人，所以也相信了他的話。

這平安王也真夠慘的，自小被擄走，還瘋了，真不知道他這二十多年來，究竟經歷過什麼可怕的磨難。大家都把希望的目光看向萬卡，希望從他嘴裏聽到能治癒的好消息。

萬卡想了想，說：「失魂症，其實就是現代的失憶症。失憶症的治療，即使在現代醫學上也不是很成熟。因為每個人的情況都不盡相同，一般是採取綜合治療的方法，外科給予高壓氧的環境，配合電療刺激神經中樞，再加上中醫針灸。另外，還要在人為關懷上創造條件，失憶症的康復是一個相對漫長的過程。」

小嵐點點頭：「現在沒有高壓氧的環境，也無法進行電療，唯一可以做的就只有中醫針灸，還有人為關懷了。」

漢安帝在一旁聽着他們說話，有些明白有些不明

白，但也聽到萬卡說可以用針灸治療。他對萬卡說：「神仙公子仁心仁術，太醫令無法做到的事，也許公子能夠做到。所以，希望公子能夠治好皇兄。」

萬卡點點頭，說：「能不能治好，現在還說不準，我得見見平安王然後再下結論。」

兩部車輦又把漢安帝和萬卡四人送到祥雲宮，迎接的還是那名侍衛隊領隊朱將軍。漢安帝一見他，便問：「平安王呢？」

朱將軍說：「回稟陛下，剛剛見到王爺坐在花園裏那棵桂花樹上發呆。」

漢安帝着急地一頓腳：「我的天，他又爬樹了，摔下來怎麼辦？！快帶我們去看看。」

朱將軍行了個禮：「是，陛下！」

朱將軍引着一行人向宮殿深處走去。一路亭台樓閣，風景很不錯。看來漢安帝還是很有心的，讓失憶的兄長在這風光明媚的地方休養，對病的恢復有好處。

經過一個人工湖，走過一條小木橋，見到前面種滿了桂花樹，風一吹，陣陣花香撲鼻。

「咦，怎麼不見了？」將軍站在樹下張望了一會兒，撓撓頭，「剛剛還在呢！」

這時曉星一抬頭，見到前面一座紅牆綠瓦的房子，綠樹掩映下的房脊上，隱約可以看到有個人一動不動地坐在那裏：「看，那裏有人！」

朱將軍一看馬上叫了起來：「在那裏，人在那裏！」

漢安帝嚇壞了：「天哪天哪，又爬房頂上了！太危險了，趕快把他救下來。」

「是！」朱將軍馬上帶着一隊侍衞跑了過去。

漢安帝也跟着跑過去了。看得出來，他是真正地擔心皇兄的安危。

萬卡幾個人留在原地，看着朱將軍安排救人。

曉星看着高高的屋頂，驚歎着：「這平安王屬猴子的嗎？這麼高的房頂他是怎麼上去的！」

小嵐説：「你沒看到房子旁邊有棵大樹嗎，他肯定是先爬到樹上，再從樹上爬到屋頂的。」

曉晴有點瞠目結舌的樣子：「會爬樹的王爺！這在古代太匪夷所思了。」

萬卡若有所思：「我對這位王爺越來越感興趣了。真想知道他究竟是一個怎麼樣的人，他之前究竟經歷了些什麼。」

朱將軍指揮着人拿來十幾張厚厚的被子，鋪在地

上，防備平安王掉下來摔傷。又拿來一個吊着一根繩子、大得足以裝進一個人的籃子，放在地上備用，之後才吩咐兩名侍衞上去救人。

一切都訓練有素的，相信這樣的「救援」已經不是第一次了。

兩名侍衞身手都很靈活，只見他們從旁邊那棵樹爬了上去，然後又從樹上跳到了屋頂。

屋頂上的人，一直沒有動過，彷彿下面那麼多跑來跑去的人，或者站着看他的人，朝他叫喊的人，全都不存在似的。直到兩名侍衞走到他面前，朝他行禮，他才有點愕然地看着他們。朱將軍把繫着籃子的繩子一端，使勁拋到屋頂，一名侍衞用手接住了，把籃子拉上屋頂。兩名侍衞把平安王扶起，放在籃子裏，還綁上「安全帶」，然後兩名侍衞一齊抓着繩子，把籃子一點點放下去。

籃子落地那一刻，漢安帝跑了過去，他親手把平安王從籃子裏扶了出來。又替他拍着身上塵土，埋怨地說：「皇兄，你又淘氣了。屋頂離地那高，摔下來怎麼辦？真令人擔心。」

平安王好像並不想接受他的好意，反而一舉手，把他的手拍開。漢安帝很受打擊，委屈地看着自己

兄長。

萬卡幾個人走了過去，近距離觀察平安王，果然長得跟漢安帝一模一樣，唯一不同的是，平安王的膚色比漢安帝稍為黑了一點點。還有，平安王的眼神不像漢安帝那樣清明有神，而是呆滯的，沒有神采的。

漢安帝求助地看着萬卡：「神仙公子，依你看……」

萬卡說：「我可以試試看。從現在開始，我們四個人就住在這裏吧！」

漢安帝高興得全不顧自己皇帝身分，他朝萬卡作了一揖，說道：「那朕先謝過神仙公子了。希望神仙公子妙手回春，早日治好我皇兄。」

第十九章

我是失蹤的作家李小白

　　湖邊草地上，架着一個鐵架子，鐵架子下面燒着通紅的炭火。曉星站在鐵架子旁邊，正認真地觀察着攔在鐵架子上的十幾塊肉，時不時翻動着，讓肉既能烤熟，但又不會烤過火或烤糊。

　　「哇，我的手藝好棒啊，等會兒烤好了，一定很美味。」曉星任何時候都不會忘記誇讚自己。

　　離曉星五六米遠的一個涼亭裏，平安王靠着涼亭柱子，呆呆地坐着，眼睛茫然地望着前方。

　　算起來，萬卡和小嵐、曉晴姐弟入住祥雲宮已經很多天了，在這些日子裏，他們用了無數方法去喚醒平安王，但都全無作用。平安王仍舊一副渾渾噩噩的樣子，而且對接近他的人都十分抗拒，所以萬卡根本沒辦法對他作任何治療。萬卡只好變換一下做法，今天特意到湖邊燒烤，讓平安王一起參加，希望能喚起他的興趣，融入他們這個小團體。只是平安王興趣缺缺的，一直沉浸在他自己的世界裏。

萬卡，小嵐，還有曉晴坐在旁邊草地上，一人拿着一個古時候的益智玩具——魯班鎖，在低頭擺弄着。

曉晴問萬卡：「萬卡哥哥，為什麼這魯班鎖又叫孔明鎖？」

萬卡解釋說：「因為民間一直對這種鎖的發明者有分歧。有說是三國時期著名政治家、軍事家諸葛孔明，根據八卦玄學的原理發明了這種孔明鎖。但也有另一種說法，說發明者是建築大師魯班。他為了測試兒子是否聰明，用六根木條製作了這種可拼可拆的玩具，叫兒子拆開。後人把這種玩具稱作魯班鎖。」

曉晴說：「我看魯班發明的可能性大些吧！魯班是中國古代著名建築師，而這種鎖又跟建築上的榫卯結構有關，所以是魯班發明的可能性更大。」

曉星插嘴說：「姐姐，你別忘了，諸葛亮同時也是三國時期非常厲害的發明家，他發明了許多不可思議的東西，比如能代替牲畜運貨的木牛流馬，能保證戰爭以少勝多的諸葛連弩。還有孔明燈，那是諸葛孔明為了傳遞信號發明的。另外，聽說饅頭也是諸葛孔明發明的。所以，他能發明出這種鎖是非常有可能的。」

曉晴很不服氣：「你沒看到嗎？二零一四年十

月，中國總理李克強訪問德國時，給德國總理默克爾贈送了一把精緻的魯班鎖，當時的官方新聞報道，都是説魯班鎖的。」

小嵐説：「魯班鎖真實的發明者，在歷史上並沒有可靠的説法。其實還有一種可能，魯班鎖是民間藝人發明的，只是人們為了提高它的名氣，才把它説成是魯班或者諸葛孔明發明的。其實，誰發明的並不重要，反正肯定是中國聰明的古代人發明的。」

曉星正想説什麼，突然聽到萬卡大喊一聲：「噢，成功了！我拼好了！」

「啊，拼好了？給我看看！」小嵐和曉晴馬上驚喜地撲了過來。

「啊，真的拼好了。還是萬卡哥哥厲害啊，我昨晚弄了一晚上都沒弄出來。」曉星也扔下他最熱衷的美食跑了過來，把萬卡拼好的魯班鎖拿在手裏左看右看。

「萬卡哥哥，快教我們拼！」小嵐三個人一齊要求萬卡。

「好好好，你們看着。」萬卡把拼好的魯班鎖拆散，然後慢慢拼合。

三個小傢伙目不轉睛地看着，他們都是聰明的小

孩，一下就懂了。啊，原來是這樣，很容易呢！

「哇，拼好囉，拼好囉！」曉星最快拼好，一高興，便搖頭晃腦地哼起歌來：

「……喜羊羊沸羊羊慢羊羊身體壯

美羊羊懶羊羊暖羊羊開心唱

紅太狼平底鍋很厲害又怎樣

灰太狼抓不到一隻羊

夾着尾巴不敢抬頭逃離現場……」

大家都沉浸在成功拼合魯班鎖的喜悦中，誰也沒發現，有個一直木然不動的人，像被按了起動按鈕的機械人，慢慢地、一步一步地走到了他們身邊。

「可愛的羊兒不慌又不忙

聰明的羊兒快樂比賽

快樂奔跑競技場……」

咦，誰加入了曉星的歌聲？除了得意忘形所以渾然不覺的曉星，萬卡和小嵐曉晴都發現了這點，抬頭一看，不禁都驚駭地睜大了眼睛。

眼睛沒出毛病吧？耳朵沒聽錯吧？因為，他們竟然、竟然看見平安王，古代人平安王，站在曉星背後，嘴巴嚅動着，跟着曉星的節拍，唱出一首二十一世紀很流行的兒歌。

腦袋裏像打雷似的轟隆作響，平安王，竟然是現代人！

　　曉星還沉浸在拼好魯班鎖的喜悅中，一抬頭發現面前的人，個個張口結舌的模樣，不禁停下唱歌，愕然地問：「你們⋯⋯」

　　但他馬上又愣住了，因為，他聽到有人在他背後唱歌，唱他剛才在唱的現代動畫片裏的歌。在這古代，除了他們四個，還有誰會唱一首現代兒歌？！

　　曉星猛回頭，發現了平安王，大驚：「你？！」

　　平安王砰地一下跪了在地上，伏地痛哭：「親人哪，可找到你們哪！」

　　萬卡最先從震驚中清醒過來，他急忙走去扶起平安王。曉星也走上去，拉着平安王的手，安慰着：「平安王哥哥，不哭不哭！」

　　小嵐和曉晴一臉的驚訝，一臉的關切，看着那個哭得像迷路兒童的男人。

　　平安王眼淚鼻涕一齊流，哭了足足十幾分鐘，才停了下來，他哽咽着說：「我叫李小白，是從二零二零年來的。」

　　「什麼？李小白，你就是那個突然失蹤的網絡作家李小白？」曉星大喊起來，「原來你穿越了！」

「對，我就是網絡作家李小白。」

「坐下慢慢説。」萬卡拍拍李小白的肩膀。

曉星小聲在小嵐耳邊説：「別人穿越不是都很開心的嗎？第一次見到這麼慘兮兮的穿越者。」

大家圍成一圈，聽李小白訴説他離奇的穿越故事。

原來，李小白是個全職網絡小説作家，《大漢風雲》是他寫的第八部小説。一天晚上，他在寫作中遇到了瓶頸，苦苦思索寫不去，竟伏在手提電腦上睡着了，沒想到醒來時，發現自己來到了兩千多年前的漢朝，而且還是個架空的漢朝。

本來嘛，穿越時空來到古代，看到兩千年前的人和事，還是很有意思的，但悲慘的是，手無縛雞之力的他一來到就被人販子抓了，賣到一個惡霸家裏當了奴隸。那真不是人過的日子啊，他吃不飽穿不暖，挨打更是家常便飯，他連死的心都有了。要知道在現代，他哪受過這樣的苦啊！他思念現代的親人，常常跑到山頂，再在山頂爬到樹上，眺望遠方，希望能望到家鄉，望見歸去的路。但是，他一次又一次地失望了。一時想不開，人變得痴呆，對身邊所有的人和事都感到害怕⋯⋯

一次，他在上山的途中，遇到了一位朝中大臣……

　　漢安帝找到他之後，他過上了好日子，但潛意識中，仍然本能地排斥這年代的一切，不想接近那個自稱是弟弟的皇帝，不想跟任何人交流，他仍然喜歡爬高望遠，總覺得有一天能找到回家的路。

　　早幾天，萬卡他們第一次進來時，就是他看見天上圓圓的月亮，想起無法跟家人團圓，心痛，神傷，所以在屋頂慘嚎起來。

　　直到剛才，聽到了曉星唱歌，那首二十一世紀的兒歌把他從渾渾噩噩中喚醒，讓他瞬間崩潰……

　　曉星忍不住歎氣，説：「小白哥，別人穿越你穿越，怎麼你穿得這麼慘呢！」

　　曉晴説：「其實現在並不慘啊，漢安帝想把皇位還給你呢！你可以當皇帝了，成了天下最尊貴的人了。」

　　李小白搖頭又擺手：「不不不，我才不稀罕呢！我只想趕快回到現代。在那裏，有慈祥的父母，有賢惠的妻子，還有一個可愛的兒子，那都是最值得我珍惜的。什麼皇位，什麼天下，在我眼裏遠遠比不上我幸福的家庭。」

　　小嵐聽了很感動，真是個有情有義的人啊！她對

李小白説：「你放心好了，我們無論如何都會幫你實現願望的。」

萬卡也説：「好兄弟，有我們在，你不會孤單。」

李小白聽了，又再淚流滿臉，他一個人的時候，是多麼的害怕，怕自己永遠留在這裏，永遠見不到父母妻兒。現在好了，見到了現代人，還説能幫他回家，怎不叫他激動萬分。

大家又再安慰李小白一番。只是大家都有一個弄不明白的問題，怎麼李小白長得這麼像漢安帝呢？連李小白自己都莫名其妙，自己明明是跟漢安帝隔了兩千多年的一個現代人啊！

「哎呀！慘了慘了！」突然聽到曉星絕望地大喊起來。

原來他發現烤架上的肉全都烤糊了。

大家頓時覺得肚子餓了，正想叫人再拿些肉來，突然聽到宮門外面有人大喊：「裏面會咬人的瘋子，你聽着，你已經被包圍了！趕緊放出我小嵐姐姐，還有我神仙哥哥，如果他們有一點點受傷，我一定不放過你！」

這不是小太子的聲音嗎？怎麼回事？

小太子繼續喊着：「你現在有權不説話，但你所

177

說的將會成為呈堂證供⋯⋯」

在場的穿越人士都聽得一愣一愣的。這小孩說些什麼呀？怎麼這樣像香港警察抓壞人時的喊話內容？曉晴眼睛一亮，大聲道：「難道小太子也是穿越的？」

啊！大伙兒頓時一愣。

「哈哈哈⋯⋯」曉星笑得前仰後合的，「沒事沒事，小太子絕對不是穿越人士。只不過我給他講過好些香港警察故事，裏面有警察圍捕壞人的內容。」

哦，原來是這樣。

小太子的確不是穿越的。他每天都要去找小嵐玩的，這幾天他找不到小嵐姐姐，急瘋了，到處打聽才知道小嵐姐姐和其他幾個哥哥姐姐都在祥雲宮。小太子可着急了，祥雲宮裏有會咬人的瘋子啊！小嵐姐姐危險！

於是，他把負責保護自己的侍衞，還有太監全帶來了，來到他平時根本不敢走近的祥雲宮。小嵐姐姐有難，怎可以不出手相救，他豁出去了。

小嵐想起那天提起祥雲宮時，小太子害怕的樣子，也不禁有些感動。為了救自己，連害怕都忘了，這小屁孩也真是有情有義的。

「出去看看。」小嵐領頭往宮門走去。

因為漢安帝吩咐過，除非他允許，任何人都不能走進祥雲宮一步。所以即使是小太子到來，守門的侍衛也不敢打開門。

見到萬卡一行人出來，朱將軍朝萬卡行了個禮，然後問道：「神仙公子，怎麼辦？」

萬卡說：「沒事，開門吧！」

漢安帝曾有令，一切聽從萬卡指揮，所以朱將軍趕緊應了聲：「是！」

大門伊伊呀呀地打開了，只見門口站着十多個手持刀劍的侍衛，還有十多個手拿各種奇奇怪怪東西的太監——有的拿着擀麵棍，有的拿着雞毛撣子，有的拿着鍋鏟。沒寫錯，的確是擀麵棍、鍋鏟、雞毛撣子。因為來得太急了，太監們沒有武器，小太子便讓他們拿了一些廚具和打掃用具，聊勝於無。

「小嵐姐姐，你沒事，真太好了！」小太子高興得撲到小嵐懷裏。

不過，他馬上被站在小嵐旁邊的平安王嚇住了。

「父皇？您、您怎麼在這裏？」小太子看着李小白，很是愕然。

李小白皺着眉頭，這古代的孩子怎麼啦，喜歡到

處認爸爸。

「父皇是可以亂認的嗎？誰讓你到這兒來的？」身後傳來一把聲音，咦，這不是父皇的聲音嗎？

小太子好奇怪，一轉身，見到又一個父皇站在身後。

「您？您？」小太子看看漢安帝，又看看李小白，驚呆了，怎麼我有兩個父皇？

事到如今，漢安帝不能再瞞住小太子了，只好告訴他：「你只有一個父皇，那就是我。這是你皇伯父。」

「皇伯父？」小太子眼睛眨呀眨，奇怪極了。怎麼突然跑出一個皇伯父來了？

「這事父皇有空再跟你說。咦！」漢安帝突然發現不對，平安王好像跟以前不同了，他怎麼會和萬卡他們站在一起，眼睛還有了神彩，不再是之前的空洞呆滯了。

「皇兄，你、你好了？！」漢安帝大喜，衝過去抓住李小白的手。

「我跟你不熟。」李小白把漢安帝的手掰開。

李小白實在害怕漢安帝認親戚，把他留在古代，趕緊跟他撇清關係。

「皇兄，原來你還沒好⋯⋯」漢安帝好傷心，原來皇兄的病還是沒好利索。

萬卡剛要上前勸解，小嵐在旁邊扯了扯他，讓他別管。反正李小白已經鐵了心要回現代，還是別讓他跟漢安帝牽絆太多，免得離開時漢安帝傷心。

萬卡對小嵐的暗示心領神會，他故意對漢安帝說：「陛下，平安王的病一時半刻都難以痊癒。其實我們下山已經很長時間，也應該回去了。我建議讓平安王跟我們一起上山見師傅，師傅出馬，平安王的病一定能好起來的。」

漢安帝無奈地說：「也好。那就拜託你了。老神仙法力強大，相信一定能醫好朕的皇兄。不過，你們別急着走，我想跟皇兄多聚聚，另外也想等馬鈴薯成熟了，咱們一塊享受豐收的喜悅。」

小太子一直在旁邊眼珠碌碌地聽父皇和那位皇伯父說話，聽到小嵐他們要離開，他不幹了，大聲嚷嚷道：「父皇，我不讓小嵐姐姐走！」

漢安帝說：「小嵐有自己的家，她不可以長期留在宮裏的。」

小太子說：「那我娶她當王妃好了。我娶了她，這裏不就成了她的家嗎？」

啊！大伙兒全愣了。這小屁孩可真能想啊，小豆丁般大就想娶媳婦了。萬卡更是抓狂，小嵐可是我未來的王妃啊，什麼時候輪到你這小屁孩了！

小嵐好笑地摸摸小太子腦袋：「對不起哦，我有男朋友了。」

小太子抬起頭，看着小嵐：「什麼是男朋友。」

小嵐說：「男朋友就是我喜歡的男孩。」

小太子扁着嘴，說：「我這麼冰雪聰明、可愛漂亮，小嵐姐姐你怎可以不喜歡我呢！我哭，我哭，我哭哭哭⋯⋯」

小太子頓時淚奔，淚流⋯⋯

對付熊孩子已經夠麻煩了，何況是對付一個是身為小太子的熊孩子。真難搞啊！

一時間兵荒馬亂。

直到漢安帝搬來救兵──皇后娘娘，才把小太子勸住。把他帶上輦車，輦車一邊離開時還聽到熊孩子向母后投訴，說小嵐姐姐喜歡的男朋友不是他，好委屈，好傷心。

漢安帝一臉的尷尬，直向小嵐表示歉意。臨離開時又再挽留萬卡，請他務必再住些日子。又對李小白說，明天再來看皇兄。

第二十章

回家的路

終於把纏人的熊孩子、還有一直沉浸在「皇兄不理我」哀傷中的漢安帝送走了，大家都鬆了一口氣。

李小白看向萬卡，一臉的迫切：「這位兄弟，我們真的能回現代嗎？」

萬卡看向小嵐他們幾個資深的穿越人士，因為他們更有發言權。

小嵐給了李小白一顆定心丸：「放心吧，一定能。」

其實小嵐自己也不知哪來的自信，只是覺得，他們也有好幾次是在沒有時空器的情況下回到未來的。所以，她相信這次也一樣。

不過，也要為回去創造點有利因素。也許，回到來時的地點，是個好辦法。小嵐跟大伙兒說了自己看法。

萬卡點頭說：「好，那我們趕緊回到隔離營，在那裏尋找回去的方法。」

為免漢安帝還有小太子挽留，五個人不辭而別，趁着夜色，離開了祥雲宮，去到隔離營。

　　往日熱鬧的隔離營，現在靜悄悄的，只有那一幢幢還沒有拆除的臨時病房，讓人想起這裏曾經的死亡氣息，記得這裏住過的那一羣無比絕望的疫症病人。

　　李小白之前已經從萬卡那裏知道了這裏曾經發生的故事，現在來到故事發生的地方，不禁感概萬千：「你們的穿越救活了無數人啊！在我原先的故事構想中，這個隔離營的人是全數死去的，你們改寫了他們的命運，也改寫了我的故事。」

　　曉星說：「小白哥，回到現代後，你趕緊把故事寫下去吧！因為你突然失蹤，故事中斷了，用你的故事拍的電視劇也停播了，讀者和觀眾都鬧翻天了。」

　　李小白點點頭說：「續寫那是肯定的。讓讀者們等那麼久，我真過意不去。我會把這段經歷如實寫出來，不用加工，不用虛構，如實寫出來就是一個精彩無比的故事！」

　　曉星拉着李小白的手說：「小白哥，你寫到我的時候，別忘了形容我是一個『英俊瀟灑、風流倜儻、聰明蓋世的小公子』哦！」

曉晴嗤了一聲：「小白哥，其實他內心是一個愛吹牛皮的自戀鬼、自大狂，還是個吃貨。」

曉星嘟着嘴説：「哪有這樣冤枉弟弟的，真懷疑你是不是我親姐姐呢！你是爸爸媽媽大減價時買東西附送的吧！」

小嵐沒管他們説什麼，自顧自走着，不知不覺走進了她住過的那間屋子，坐到了她躺過的那張牀。她一臉的懷念：「不知道老村長、小寶、小寶娘他們現在怎麼樣了。」

萬卡跟在小嵐後面，走進了草房內，坐到了小嵐旁邊，他説：「我託人打聽過了，他們現在挺好的。疫境餘生，他們更加珍惜一切，聽説他們已經向官府提出，要求做第一批種植馬鈴薯的村子，並已獲得批准。」

很多人對於新生事物都抱有懷疑，所以馬鈴薯的推廣種植，的確需要一些敢於接受新事物的民眾帶頭。長青村的村民們能站出來，相信對推廣種植起到很好的帶頭作用。

萬卡繼續説：「老村長還派人給我捎話，説中秋節快到了，家家都做了月餅，準備到時給我們送來。」

「啊，中秋節快到了？中秋節，慶團圓……」小嵐喃喃地說着。

抬眼望向無垠的天空，小嵐心裏充滿了思念，想念她在另一個時空的養父養母，想念着她在另一個星球的親生父母，還想着她不知身在何方的雙胞胎哥哥……

突然身下的牀一陣晃動，萬卡趕緊摟住小嵐，喊道：「地震！」

話音未落，房子便嘩啦一聲倒塌了，幸虧房子是竹子和茅草搭的，掉在人身上頂多有點痛，但不會造成傷害。

萬卡正想拉着小嵐跑出去，突然地上又是一陣強烈顫動，地上竟然裂開一條縫，兩人一下站立不穩，掉進了縫裏。

「萬卡哥哥！小嵐！」

曉晴驚叫着，和曉星、李小白飛奔過去。

「萬卡哥哥，小嵐姐姐，我們來救你們了！」

「兄弟，你們挺住！」

三人走近裂縫，正想伸手去拉萬卡他們上來，沒想到又是一陣劇烈的顫動，裂縫瞬間擴大，李小白和曉晴曉星撲通撲通全掉進去了。

「啊！」隨着一聲聲驚叫，五個人都沒了蹤影。

隨着喊聲消失，大地恢復了平靜，那道大大的裂縫竟然神奇地在慢慢彌合，很快就恢復了原樣。好像什麼事都沒發生過，還是那座廢置的隔離營，還是那無比的寂靜。

「啊……」驚叫聲在另一個時空響起。

隨着撲通撲通的落水聲，叫聲嘎然而止。很快有人從水裏冒出腦袋，一個，兩個，三個，四個，五個。

萬卡數了數人頭，才放下心。一個也沒有少！

「哇，好險好險，怎麼裂縫裏有水呢？」曉星像隻貓那樣甩着頭髮上的水，大聲咋呼着。

「不對，這地方好熟悉啊！」小嵐擦擦眼睛，看了看周圍環境，大喊起來，「這不是月映湖嗎！」

「是是是，是月映湖！哈哈哈，我們回家了！」曉晴高興得尖叫起來。

萬卡再仔細觀察，證實他們的確掉落在烏莎努爾皇宮裏的月映湖。

意外地掉進了裂縫，卻神奇地落在烏莎努爾皇宮裏。真是一次離奇的回歸啊！

只有李小白還在雲裏霧裏，他不知道自己去了哪

裏，月映湖是什麼地方⋯⋯

嫣明苑電視室裏。

「哎呀，怎麼搞的，竟然用這麼醜的一個藝員來扮演我！氣死了氣死了！」曉星邊看電視劇邊忿忿不平，「我要找小白哥抗議！」

「這是號稱萬人迷的小鮮肉羅小暉呀，他來演你的角色，你還不滿意？！」曉晴沒好氣地説。

「羅小暉有什麼了不起，他哪有我一點點帥？」曉星把一片薯片扔進嘴裏，用力咀嚼着，把薯片當成了羅小暉，我咬，我咬，我咬咬咬。

曉晴跟曉星在説什麼呀？原來，李小白回到內地之後，馬上續寫那未完的小説，因而根據小説故事拍攝的電視劇《大漢風雲》也接着拍攝下去了。李小白把萬卡小嵐四個人穿越時空，撲滅疫症、獻馬鈴薯等一系列故事寫進了小説裏。他不愧為網絡小説作家中的高手，故事意趣盎然、緊張刺激，據説小説訂閲人數倍增，而根據小説拍出的電視劇收視率也一再創新紀錄。

當然，李小白在故事中沒有用那穿越四人組的真實姓名，這是萬卡一再叮囑他的。

曉晴曉星晚晚追看《大漢風雲》，比以前還要積極。為什麼呢？想看看電視劇是怎樣描述他們的「光輝事跡」呀！

　　「咦，我出場了！啊，原來我的角色是由電視台三小花之一的林虹紫扮演，不錯哦，得點一百個讚！林虹紫比起我來雖然還差了一點點，但還算不錯。」曉晴見到以她為生活原型的劇中人物出場，表示還算滿意。

　　曉星哼了一聲：「美得你。林虹紫比你漂亮多了！」

　　「臭小孩，身上又癢癢了？」曉晴圓睜雙眼，用手一拍桌子。

　　「喂，你們還有完沒完。嘈死了，人家做功課呢！」坐在一邊做功課的小嵐不滿地說。

　　她明天要陪萬卡哥哥去訪問鄰國幾天，所以緊趕慢趕，要在出發前把老師布置的作業完成。

　　「Yes Madam！」曉星趕緊朝小嵐敬了個禮，「不過，小嵐姐姐，你怎麼不去書房做呢？」

　　小嵐一拍桌子：「難道還要你教我去哪裏做功課嗎？」

　　其實小嵐心裏想的是：我也想看看究竟是誰扮演

自己呀！

　　曉晴見曉星被小嵐搶白，得意地挑了挑眉毛，繼續美滋滋地看她的「光輝事跡」。

　　「哇，小嵐姐姐你出場了！快來看快來看，扮演你的，是得過三次白蘭花獎最佳女主角的朱冰冰！哇，好美啊！」曉星突然喊了起來。

　　「我看看我看看！」小嵐把筆一扔，撲到電視機前。

公主傳奇29

走進電視劇的公主

作　　者：馬翠蘿
繪　　畫：滿丫丫
責任編輯：葉楚溶
美術設計：陳雅琳
出　　版：新雅文化事業有限公司
　　　　　香港英皇道499號北角工業大廈18樓
　　　　　電話：（852）2138 7998
　　　　　傳真：（852）2597 4003
　　　　　網址：http://www.sunya.com.hk
　　　　　電郵：marketing@sunya.com.hk
發　　行：香港聯合書刊物流有限公司
　　　　　香港荃灣德士古道220-248號荃灣工業中心16樓
　　　　　電話：（852）2150 2100
　　　　　傳真：（852）2407 3062
　　　　　電郵：info@suplogistics.com.hk
印　　刷：中華商務彩色印刷有限公司
　　　　　香港新界大埔汀麗路 36 號
版　　次：二〇二〇年十月初版

ISBN：978-962-08-7629-5
© 2020 Sun Ya Publications (HK) Ltd.
18/F, North Point Industrial Building, 499 King's Road, Hong Kong
Published in Hong Kong
Printed in China